章十 二姝相逢 193
章十一 郁洲山 217
章十二 班春 229
章十三 雲山米行 239

人物
貂蟬
呂布
曹操
典韋
魏延
曹朋

三國風雲之

曹賊

卷之柒

兒郎虓勇天下

庚新 著
超合金叉雞飯 繪

卷柒

目錄

章一 美食 005
章二 焦尾琵琶 027
章三 千古紅顏 041
章四 沮水河畔論英雄 065
章五 大地震之商屯（上） 075
章六 大地震之商屯（下） 101
章七 還沒有結束 127
章八 各取所需 147
章九 征辟 169

章一　美食

安頓下來以後，曹朋等人的肚子咕咕叫。幾人於是商量了一下，決定出去吃。驛館裡也有飯菜供應，不過不太合典滿、許儀的口味。

下邳位於三水交匯之所，生產河鮮。徐州在春秋戰國時也是屬於楚國之地，所以當地人大都喜歡食用河鮮。飯菜裡總會有河鮮出現，曹朋倒是不覺得什麼，不過對於典滿和許儀這等吃慣了麵食的北方人來說，還真有點不太習慣。所以，兩人只動了一下筷子，便死活拉著曹朋出去……

這個時代的河鮮，似乎還不能完全拔取腥味，其烹飪的手法，也不是特別高明。

曹朋無所謂，於是就和兩人出了驛館。

來驛館的時候，張遼和曹性向曹朋介紹過下邳的餐飲狀況，他們也考慮到曹朋三人可能不會習慣驛館裡的飯菜，所以就指點了幾處酒樓。

曹朋按照張遼的指點，與典滿、許儀找了過去。出驛館大門，走出一條街，然後一拐彎兒，就看到了一間酒樓，其名就叫『仙客來』。

此時已經是華燈初照，酒樓裡高堂滿座。曹朋三人走進去，看到這情況不由得眉頭一蹙。

「店家，還有空位嗎？」曹朋高聲問道。

「客官，已經沒位子了……」

那酒樓的掌櫃上前回答，可沒等曹朋開口，一個夥計上來，在那掌櫃耳邊低語了兩句，掌櫃的臉色大變。看曹朋等人轉身欲走，他連忙上前道：「客官，大案子沒了，不過客官只有三人，不如找個小案子?不是小老兒吹，咱這仙客來的東西在下邳城裡絕對算得上翹楚。這時候客官就算去別的去處，恐怕也不好找到位子。不如就在小老兒這邊將就一下，三位客官覺得可好？」

曹朋一怔，疑惑的看著那掌櫃，「你認得我嗎？」

剛才說話不冷不熱，突然間變得熱情似火。

所謂無事獻殷勤，非奸即盜！

掌櫃那張圓乎乎的臉上綻放出了笑容，他壓低聲音道：「三位小將軍日間在長街火拚三位將軍，小人們非常敬佩，又豈能不招待？」

只這一句話，就能看出侯成等人在下邳，好像並不得人心。

曹朋想了想，看一眼典滿和許儀，笑呵呵問道：「二哥、三哥，要不咱們就在這裡用餐？」

典滿和許儀倒是無所謂，於是點了點頭。

有夥計上來，領著三人上了二樓，在一座屏風後坐下。那食案的確不算太大，不過堪堪夠三人用。很快的，夥計便端來了酒菜，擺在食案上面，問道：「三位小將軍，要喝點什麼？」

「恁呱噪，有好酒，只管上來便是。」

曹朋一抬手，「兩瓿就好，我不飲酒。」

「阿福啊，你什麼都好，就這點不好……大丈夫，怎能不會飲酒？」

曹朋笑了笑，並沒有接兩人的這個話岔子。他不是不會喝，而是不喜歡喝，這年月的酒水，不合他的胃口。

可惜了，曹朋不懂得怎麼釀酒，否則又是一個財路。

夥計送來兩小瓿沂水釀，擺在了典滿和許儀的面前。

曹朋自顧自的吃菜，並從一旁的窗口向外眺望，欣賞著下邳的夜景。

不得不說，下邳的確比許都強！許都此前雖說地理位置重要，卻終究比不上漢室藩國的王都。

下邳國藩王以四代人一百一十四年時間打造出來的王都，遠非匆忙建成的許都可以比擬。無論是城市的規模，還是格局、建築，以及規畫來說，下邳有著極為濃郁的楚地風情。

坐在這個位子上，可以清楚的看到下邳相笮融在位時，花費鉅資修建而成的浮屠寺。那儼然已成為下邳的一景，在夜幕下顯得格外雄威……

「子衿，你來了！」

屏風後，傳來一個聲音。

乍聽，似有些耳熟。曹朋一怔，連忙側耳傾聽。

「公佑久等了。」

是孫乾！

曹朋心裡一怔，連忙正襟危坐，手指放在唇邊，『噓』了一聲，示意典滿和許儀小聲一點。沒想到這麼巧，孫乾竟然就坐在隔壁。怪不得聽上去有些耳熟，孫乾那帶著極為濃郁的青州北海口音，也算是一個特點。

不過，子衿是誰？

「子衿，你急急忙忙約我來，究竟出了什麼事？」

「公佑，子方怎麼沒來？」

「哦，此前你送信過來的時候，子方隨主公出征，子仲又不好擅自遠離，所以就讓我過來。子衿，到底是怎麼回事？我在這邊等了你三天，你才過來。」

「唉，一言難盡。」

那名叫子衿的人，好像喝了口水，輕輕咳嗽了一聲。

「不瞞公佑，我這幾天也是焦頭爛額。前些日子那批貨，本來已找到了買家。誰知道我那邊出了許多事情，一下子變得有些緊張起來。我也不敢輕易行動，害怕暴露身分……你也知道，這販賣私鹽說大不大，說小也不小。」

「怎麼說？」是孫乾的聲音。

子衿嘆了口氣，「新任縣令是個有手段的人。此前咱們的買賣能在海西暢通無阻，還是因為朝廷顧及不到，而現在，這新來的縣令……姓鄧的心狠手辣，上來就幹掉了陳升，一下子斷掉了我好幾條路子。你也知道，之前我為了隱藏自己的身分，所以便著人與陳升合作，讓他出面……他人面廣，一直合作的很好，可現在他這一死，握在他手裡的幾條路子一下子就斷了。若非我藏得好，只怕現在也會惹一身腥……公佑，你得和子仲說一下，讓他暫時停止出貨。」

孫乾一陣沉默。

而在一旁偷聽的曹朋，心裡卻掀起了驚濤駭浪。鄧縣令、陳升……他說的是海西縣！

子仲是誰？子方又是誰？曹朋不禁有些迷惑。

這是誰定的規矩，非要弄出一個表字來？

曹朋可以記住一些人的表字，可三國時期那麼多人，他怎麼可能記住所有人的表字呢？慢著慢著……劉備如今手裡的人，好像並不多。武不過關張、陳到，其中陳到是誰，曹朋也不清楚；文也僅止是簡雍、孫乾和麋竺兄弟二人。能讓劉備留在沛縣看守老家，定不是等閒人。

孫乾在這邊，是簡雍？似乎不像……子仲、子方……聽上去好像是兄弟。而且還是私鹽！答案呼之欲出，曹朋旋即反應過來，子仲、子方應該就是麋竺、麋芳兄弟的表字吧。

私鹽？這個子衿，莫非就是麋家在海西的合作者嗎？

海西有三害，海賊鹽梟商蠹子！現在，商蠹子已經被曹朋制住了，就剩下海賊和鹽梟兩害。從本意而言，曹朋並不想這麼快對鹽梟下手，畢竟麋家經營了這麼多年，想要對付他們，恐怕要承受巨大的壓力。而且鹽梟販賣私鹽，與海西目前而言，並沒有太大衝突，甚至還有助於海西的繁榮和穩定。不過，弄清楚對方的身分，倒也不是一樁壞事。

想到這裡，曹朋屏住呼吸，想要從屏風的縫隙看清楚子衿的長相。可是，那屏風上卻掛著一件袍子，擋住了曹朋的視線。曹朋對此也非常無奈，只好支楞著耳朵，繼續側耳傾聽……

「暫停？」孫乾輕聲道：「子衿，這件事怕有些難辦啊……玄德公剛吞併了楊奉、韓暹所部，如今急需大筆錢帛，購買軍糧器械。我估計年前，肯定要出一大批貨，到時候還要從你那邊儘快脫手。你也知道，玄德公如今的處境，並不太好。」

「可是……」子衿似乎很猶豫。

「那姓鄧的很棘手嗎？」

「不太好對付……那傢伙是個殘臂人，但手段極為高明。以迅雷不及掩耳之勢幹掉了陳升，還吞掉了陳升的產業。我來之前，聽說他們又要整頓什麼北集市，海西縣城裡幾個有臉面的賈人，好像都站在了他們一邊，我著實有些擔心。」

屏風後面，再一次沉默了。孫乾好像陷入了沉思，屏風後傳來一陣衣袂窣窣的聲響。

過了一會兒，孫乾道：「子衿，我也不瞞你，這批貨必須要出，而且要儘快出手，以換取軍糧兵械。你當知道，呂布狼狐之性，說不定什麼時候就會對玄德公下手，我們別無他法。」

「那這件事，還真有些麻煩了！」

「子衿，要不這樣……」孫乾停頓一下，「你不是……」他聲音陡然轉低，變得非常低弱。

曹朋豎著耳朵，拚命想要聽清楚，可是卻什麼也沒有聽到。

「找薛州？」

「你吵什麼吵……」

孫乾輕聲喝道，而後曹朋就看到屏風上的袍服晃動，於是連忙側身，縮在了角落裡。而典滿趁機上前，背對著屏風，遮住了視線，對許儀說道：「二哥，喝酒，喝酒！」

許儀立刻答應，舉起手中的酒甌，和典滿推杯換盞。

屏風後面安靜了一會兒，曹朋再次貼了過去。

聲音還是很小，只隱隱約約聽到孫乾說什麼『伊蘆』的字樣。

「這個……我可以試試看。」子衿過了一會兒說道：「不過那邊最近也很小心，不太好聯絡。我聽人說，他們在郁洲山，不過要坐船，海路也很複雜。這樣吧，我先回去盯著。子仲那邊要出貨的話，還是儘快……如果能避免，還是盡量避免。」

「呵呵，那是自然。」孫乾笑道：「玄德公仁德寬厚，若非迫不得已，又怎會擅起刀兵，令海西百姓也遭受災禍？那你儘快回去處理這件事，我明日見過呂布之後，就返回沛縣，把事情和玄德公說明白。」

「嗯，也只好如此……那我就先告辭了！」子衿好像並不想逗留，坐了一會兒就走了。

曹朋又縮回角落，典滿和許儀繼續飲酒。沒多久，就聽腳步聲響起，漸行漸遠……

曹朋閉上了眼睛，輕輕揉動太陽穴，臉上露出了一抹苦澀笑容。

「阿福，怎麼了？」

「……沒事！」曹朋坐在食案旁，側身向窗外看去。

孫乾出酒樓後，好像感覺到了什麼，回頭向樓上看。曹朋連忙縮了回來……

不想招惹禍事，可禍事自己登門。原考慮著以後再解決鹽梟的事情，沒想到人家已經把他視為眼中釘、肉中刺。

哈……既然如此，那可就別怪我先找你麻煩了。

只是，怎麼對付劉備？曹朋一時間想不出來。

這一頓晚飯，曹朋有些食不知味。等許儀和典滿酒足飯飽，天色已經很晚了。曹朋和兩人踏上了返回驛館的路，一路上他這大腦就沒休息過，一直思索著該怎樣解決問題。

告訴呂布？怕有些難度吧……且不說呂布是否能相信自己，就算相信了自己，呂布也未必會除掉劉備。以曹朋對劉備的瞭解，那是個打不死的小強，萬一被他知道了是自己搗鬼，那麼自己就必須要面對劉關張的怒火……不划算，不划算啊！

曹朋想了想，最終還是暫時按住了告密的念頭。

回到驛館之後，典滿和許儀倒頭便睡，很快便進入了夢鄉。曹朋被兩人的鼾聲吵得睡不著，披衣走了出去。有時候他倒是挺羨慕許儀和典滿，不用那麼多的算計，簡簡單單，也挺不錯。

其實，曹朋何嘗不想簡簡單單……

在門廊上坐下，身體靠在廊柱上，側耳聆聽夜風陣陣。

驛館的夜晚，非常安靜。偶爾從不遠處的馬廄中傳來幾聲響鼻，給這夜色平添幾分趣味。

曹朋覺得有點冷，站起來，在院子裡打了一趟拳。不知為什麼，他突然想起了呂布那驚天的一戟。拳腳驟然停住，他站在院子中，閉上眼睛。那排山倒海的氣勢，陡然間在腦海中浮現。

呂布的一戟，給曹朋留下了極為深刻的印象。他站在院子裡，似乎又感受到了當大戟劈向他一剎那的感覺，汗毛陡然間站立，雞皮疙瘩迅速蔓延全身。呂布出手的每一個動作，不斷的在曹朋腦海中閃現，令他陷入其中，一時間竟無法自拔……那是一種何等可怕的力量！

「阿嚏！」一個噴嚏，讓曹朋從幻境中醒來。寒徹骨的夜風，讓他開始感受到了冷意。看天色，已近子夜。曹朋也不敢在院子裡繼續待著，搓著手，縮著脖子，便回到了房間。

管那麼多……兵來將擋，水來土掩！他劉備就算再厲害，但想要對付我，一時半會兒的也沒那麼容易。抑或者，找他一個機會……

一個膽大包天的想法，在腦海中驟然閃過。

曹朋也被這個突如其來的想法嚇了一跳，一下子坐起來，眼中閃爍奇光。

天亮了！陽光雖然明媚，可是天空中卻飄浮幾絲陰霾，給人感覺好像是隨時都可能變臉。

由於一整晚思緒此起彼伏，加之典滿和許儀的鼾聲吵擾，曹朋一直到三點多鐘，也就是進入寅時，才算睡著。這一覺睡得也不安穩，在夢裡，曹朋遇到了各種稀奇古怪的事情，擾得他甚至比不睡更疲乏。直到天將亮，他才算是睡安穩，不過沒多久，他便被人吵醒了。

「怎麼回事？」曹朋迷迷糊糊的坐起來，感覺很累。

昨晚做了很多古怪的夢……可是醒來之後，卻什麼也想不起來，腦袋空空，一個勁兒迷糊。

屋外挺熱鬧。曹朋披衣而起，走出房間。

太陽高照，暖暖的。他打了個哈欠，伸了個懶腰。

「你們在幹什麼？」他看到門廊下，典滿和許儀正盯著他看，不禁疑惑問道。

「阿福，快點吧！呂布剛派人過來，說是在府衙設下慶功宴，一應官員都要參加，這其中也包括了你。」

曹朋愣了一下，連忙問道：「什麼時辰了？」

「已經過了辰時。」

「你們怎麼不早點叫我！」曹朋一聽就急了，連忙進屋準備。

早有家奴準備好了青鹽和溫水，曹朋匆匆洗漱之後，從行李中取出乾淨的衣服穿上。他站在銅鏡前，讓家奴幫他把頭髮梳理好，盤髻之後，過青色綸巾，蹬上文履，匆匆走出房間。

「你們不去嗎？」

典滿和許儀搖搖頭，「我們又非他下屬，幹嘛湊那熱鬧？」

想想也是，典滿和許儀都不是朝廷命官，自然不需要參加這樣的活動。說穿了，所謂的酒宴，其實就是呂布彰顯權勢的一個手段。不論怎樣，他在徐州畢竟是名不正言不順，必須要抓緊一起機會，來顯示他才是真正的徐州之主、下邳之主，從而爭取到更多的支持。

曹朋穿戴整齊，想了想，換了一支五尺繯首，走出跨院。

那支九尺大刀，實在是太搶眼了些。又不是去打仗，有一支繯首，便足以防身。

家奴已在外面備好了馬，曹朋跨上照夜白，往驛站外行去。在出門的時候，曹朋又遇到了孫乾。他也是一身嶄新的衣服，不過卻沒有騎馬，而是準備坐車。看到曹朋，孫乾微微一怔，旋即朝著曹朋笑了笑，便鑽進了車廂。

從表面上看去，孫乾溫文爾雅，很和煦。可是曹朋卻從他的眼中讀出了一種森冷的殺意。

這老東西，對我動殺心了！

孫乾要想知道曹朋的身分並不難，只需要向驛卒打聽一下即可。而且，這種事情再稀鬆平常不過，驛卒也不可能為曹朋隱瞞什麼。畢竟在一個驛站裡落腳，打聽一下也非常的正常。

曹朋待孫乾上車後，撥馬就走。臉色，在轉身的一剎那，驀地陰沉下來。

但願得孫乾曉得輕重，否則我也不會介意，取他的性命！

沿著長街，往內城走，穿過下邳中門之後，就看到了小城。

準確的說，下邳的小城，性質和許都的皇城相似。在下邳王統治時期，這裡其實就是王城。

「來者何人！」

進小城時，曹朋被攔住了。一個青年將領，頂盔貫甲，跨坐一匹黑馬，盯著曹朋冷冷問道。

曹朋在馬上拱手，「下官海西兵曹曹朋，奉君侯之請，前來飲宴。」

那青年聽聞，嘴角一翹，冷聲道：「小小兵曹，也敢登門。爾難道不知，今日君侯所請，皆上等人。非縉紳即豪勇之士，再不濟也是一方縣令。你一個兵曹，居然敢來，好不知羞臊。」

青年跳下馬，身高當有八尺，體型並不算魁梧，略顯瘦削，卻更見挺拔。相貌也很俊朗，可算得是一表人才。看其樣貌，並非純粹的漢人，應該是胡漢混血，故而帶著一種異族氣質。口音不像是徐州本地，更像是北地的方言，只是這言語間顯得很無禮，似乎是故意來找碴。

要知道，曹朋並非是想過來，而是呂布派人過去送信，他應該知道。可是現在，他堵著大門，分明是找曹朋的麻煩，因為曹朋先前看到，這青年並沒有攔阻別人。

眉毛微微一挑，曹朋臉色頓時發冷。

他的宗旨，素來是：人敬我一尺，我敬人一丈。你要來找事，我也不客氣。

「我有沒有資格登門，似乎還輪不到你來過問。」

「大膽！」青年身後的軍卒厲聲喝道：「此乃我家少君侯，爾一介兵曹，還不下馬見禮！」

少君侯？曹朋一怔。可沒聽人說，呂布有兒子啊！他朝著青年看去，卻見青年更顯驕橫。

這傢伙看上去，和呂布可沒有半分相似之處。

呂布很帥！在後世，那絕對是一位帥大叔。這個『帥』，可不是單純的長相，還包括了氣質等各方面的因素。

青年從外形上，很俊，但是和呂布的帥，毫無關聯。說白了，這青年在後世，屬於奶油小生之流。

曹朋覺得，後世那個新版《三國》裡，呂布的扮演者何ＸＸ，倒是和這青年有幾分相同。

他，真的是呂布的兒子嗎？

曹朋正疑惑間，就見從小城裡行出兩人，其中一個，正是張遼張文遠。在他身旁的，則是一個非常壯實的男子，年齡大約在三十多，舉手投足間透著一股剛正森嚴之氣。那氣度，比張遼更似一個軍人。男子雖然個頭沒有張遼高，大約也就是一七五左右，相貌平平，屬於那種扔到人堆裡，立刻就找不到的人，但是其步履間有殺伐之氣，每一步邁出，距離幾乎完全相同。

張遼出來後，看到曹朋，便朝他打了個招呼。

「怎麼還不進去？酒宴馬上就要開始，君侯剛才還問你到了沒有。」

「啊，張將軍，非是我不進去，實在是……這位少君侯攔著我，不讓我進去，說我沒有資格。」

張遼一蹙眉，向那青年看去。青年似乎有些懼怕張遼，連忙下馬，拱手見禮。

「呂吉，你胡鬧什麼！」

「我……」

「曹公子乃君侯特意邀請來的客人，你休要招惹是非，否則就算是你娘親，也無法護住你。」

青年叫呂吉。難道他真的是呂布之子？否則，他冒充呂布的兒子，張遼又豈能善罷甘休？張遼沒有否認他那個『少君侯』的稱呼，說明他的確是呂布的兒子。但是，張遼言語間，又不像是對一個『少君侯』應該有的態度。曹朋不由得有些糊塗了……

「德循，外城之事，就拜託你了。」

張遼斥責了呂吉之後，並沒有追究下去，而是和身邊的男子叮囑了一句。

聽上去，這『德循』應該是張遼的下屬。不過張遼對他的態度，明顯要比對呂吉更加敬重。

曹朋這時候也下了馬，走到張遼身邊。

「哦，德循……忘了介紹。」

「我知道他是誰，不就是海西兵曹，曹朋嗎？」德循的聲音嘶啞，有一種金石之氣。他看了曹朋一眼，沉聲道：「昨日非我當值，否則定不會要你好過。當街毆鬥，成何體統？」

「誒，德循你又不是不清楚事情緣由。」

「清楚歸清楚，但法度還是法度。當街毆鬥，本就不該。哪怕罪責在侯成他們身上，他也不應如此……算了，懶得計較，我還有事，文遠告辭了！」

張遼被德循噎得有些夠嗆，只能搖頭苦笑。「這個高德循……」他扭頭對曹朋道：「曹公子勿怪，德循就是這個脾氣，較真起來，六親不認。不過人挺好，昨日吃酒的時候，還讚你少年英雄，不簡單呢……呵呵，快隨我進去吧，酒宴馬上開始。」

呂吉這時候，已不知溜到何處。

「文遠將軍，那高德循是哪位將軍？」

「呃，你不認識他嗎？他便是中郎將高順，其麾下陷陣營，可是君侯身邊最精銳之人馬。」

高順？曹朋心裡一動。

後世曾有一種說法，說在東漢末年，有幾支精兵。

劉備手下的白耳精兵，但主將是誰，並不為人所知。袁紹手下的先登營，曾大破另一支精銳騎軍——公孫瓚的白馬義從，主將名叫麴義；後因為人驕橫，為袁紹不滿，故而被誅殺，先登營旋即被大戟士所取代。曹操手下的虎豹騎，主將就是曹純，曹仁的兄弟。除此之外，呂布手中握有兩支精銳，一支名飛熊軍，原本是董卓的精銳，後交由呂布統領，清一色騎兵，號稱有排山倒海之威；此外還有一支步軍，常置八百人，名為陷陣，主將就是高順。

說起來也怪，高順既然身為陷陣主帥，居然不在八健將之列。

原來，高德循便是高順？

曹朋搔搔頭，命人把照夜白安置好，和張遼邁步走進小城。

「文遠將軍，剛才那少君侯……」

「你說呂吉嗎？」張遼一副不以為然的樣子，笑道：「你不用擔心，他不會對你怎樣的。」

「不不不，我倒不是怕了他……只是從未聽說過，君侯膝下有子。」

「呃……」張遼猶豫了下，看周圍沒有人，壓低聲音道：「其實呂吉並非君侯親子。呂吉生母本是五原人，和君侯少而相知。後來鮮卑人寇邊，將他母親擄走，並生下一子，便是呂吉。他原本叫韃虺吉，父親原是鮮卑豪帥。後來君侯出任別部司馬，率兵滅了那部落，殺了那鮮卑豪帥，並將他母子留在身邊。其母如今是君侯妾室，平時對他也多有疼愛，只是君侯嫌他胡氣重，所以並不是特別喜愛。這孩子……怎麼說呢？還算上進，只是心胸有些狹窄，而且……」

張遼沒有再說下去，顯然是有難言之隱。

曹朋自然也不好追問，便岔開了話題，不過心裡面還是有些奇怪：這好端端的，呂吉幹嘛要找我的麻煩呢？

下邳小城，周長四里，呈扇形建造。

進得小城之後，便是一座大殿。此時，殿上已設下酒席，坐了不少人。

曹朋在靠殿門口的角落裡坐下，靜靜打量周圍的人。來的人可不少，有四、五十人之多，一個個都穿著華美服飾，三五成群一起，交頭接耳，竊竊私語。

曹朋是一個人都不認識，只聽他們相互間的稱呼不是縣令，便是什麼什麼『公』。他孤零零的坐在角落裡，彷彿和這個世界隔開一樣，沒有人過來理睬他，也沒有人和他搭話。

「溫侯到！」隨著內殿傳來一聲呼喝，大殿上的人們頓時收聲。

所有人都站起來，曹朋也隨著起身，順著那呼喝的聲音看去，就見呂布身著一件錦緞子大袍，走進了大殿。他與眾人紛紛拱手，而後在主位上坐下。

「諸公今日前來，布甚幸之。」

「溫侯討逆，凱旋而歸，我等自當前來慶賀。」

呂布聽聞，不由得哈哈大笑，伸手示意，讓眾人都坐下。

隨後，有家奴奉上酒菜流水，曹朋低頭看了看，無非是一些河鮮酒肉，對這興趣不是很大。

酒是下邳特產的沂水釀，若是配以河鮮，倒也相得益彰。可曹朋對酒水一向無愛，若非不得已，他是不願意飲酒。

至於河鮮……他總覺得這年月的人，在烹製河鮮的手段很差，特別是河鮮的腥膻味道拔不出去，所以也沒什麼胃口。不過，他沒有什麼興趣，並不代表與座的人也沒有興趣……相反，這些本地縉紳們一個個吃得是津津有味，曹朋坐在角落裡，感覺很不習慣。

「這位公子，為何不用酒呢？」

就在曹朋感覺無趣的時候，忽聽身邊有人說話。扭頭看去，卻是一個青年男子，年紀在二十八歲，相貌清臒，五官俊秀，頗有幾分貴族之氣。

他看著曹朋，似乎很有興趣。

曹朋揉了揉鼻子，指著面前盤子裡的小河蛤，輕聲道：「有點臭，吃不慣。」

「呵呵，看起來小兄弟你不是本地人啊。」

「哦……我是中陽山人。」

「中陽山？舞陰的中陽山嗎？」

這青年居然知道中陽山的位置，讓曹朋不免感到幾分驚奇。

「先生也知中陽山？」

青年笑了，「我焉能不知……」他朝左右看了一眼，見沒有人留意，便壓低聲音道：「其實，我也吃不慣這個，只是本地人大都好河生魚蛤，只能強忍罷了。不過這酒倒不錯，下邳的沂水釀，當初也是朝廷貢品呢。」

青年很健談，也很和善。曹朋早先的那種孤單感覺，隨之淡化了不少。

「其實，這東西烹得好了，味道不差。比如這河蛤，必須鮮活。而後輔以胡蒜，佐以淡酒除其腥膻，而後置鍋上清蒸，滋味也濃。」

「小兄弟會烹河鮮？」

「我哪會，只不過知道做法而已。」

曹朋才不會傻到承認自己會做飯。這年月，君子遠庖廚的觀念深入人心，那是下等人所為之事。曹朋雖說不在意，卻不能不小心別人的看法，哪怕自己在家偷偷做，對外也絕不承認。

青年聽聞，似乎來了興趣，又向曹朋請教這河鮮的具體做法。看得出，他是個老饕，在吃東西方面，興趣很大。

反正也是閒著，有個人能說說話，倒也可以排解一下。曹朋便來了興趣，笑嘻嘻道：「看起來，先生也是同道中人啊……其實，我覺得這吃東西，得費些心思才行。就比如這牛羊，反過來覆過去，不是炙烤，就是烹煮，實在無甚新意。」

「不炙烤，不烹煮，還能如何？」

哈，這個哥們兒絕對比你們強。

曹朋說：「若我食牛羊，必選羔羊肉，要新鮮。而後將其片成薄片，這就能有兩種食用之法。」

「願聞其詳。」

「可生食，輔以作料，食其鮮美。而熟食，也有很多手段。我嘛……比較喜歡涮。」

「涮？」

曹朋說：「著人先製一鐵鍋，中空而外環湯鍋。以清水注入，置蔥薑其中。然後把火炭放到那中空裡面，等清水沸騰之後，將片好的肉片，在沸水中一涮，出鍋佐以蘸料，即可食用。」

青年喉嚨滾動了一下，有一個非常明顯的嚥口水的動作。「那羔羊取何處為妙？」

俗話說，一樣米養百樣人。看起來這青年也懂得其中的道理。

曹朋想了想，「若是要我選擇，定選河套之羊。」

「那鍋又當如何製成？」

「嘿嘿，這個嘛……我回頭著人打製一口，到時候送與先生。」

青年大喜，連連點頭。「賢弟果然妙人啊！」

就在這時，忽有人喊道：「長文，你怎坐在這裡？」一個中年男子走過來，一把攫住了青年的胳膊，「找你許久，沒想到你倒是選了個好地方。」

說著，他扭頭看到曹朋，不由得一愣。「你，便是曹朋？」

青年愕然道：「元龍，你們認識？」

而曹朋此刻也認出來了那中年男子的身分，連忙起身拱手道：「下官曹朋，見過陳太守！」

章二　焦尾琵琶

曹朋沒有想到會在這裡遇到陳登。

說起來，他見過陳登。想當初在毓秀樓的時候，他和曹真還差一點與陳登等人發生衝突。不過，他更好奇那坐在旁邊，一直和他說話的青年是什麼人。

世家子弟，有著他們獨有的驕傲。他們不會隨隨便便和人打招呼，而且言語中，會表露出他們的驕傲。比如陳登和青年打招呼的時候，口吻聽上去很親熱，好像是和一個朋友交談，但是面對曹朋的時候，他的語氣立刻變得冷淡許多。

也許並不是他故意為之，但總體而言，曹朋還是能聽出裡面的差別。

「你認得我？」陳登眉毛一挑，問道。

曹朋有些尷尬的點點頭，「陳太守或許不記得了……當初在許都時，下官曾與陳太守見過。」

陳登不由得笑了！他又何嘗不記得曹朋？想當初在毓秀樓，曹朋和曹真在一起，還是給陳登留下了很深刻的印象。

「你倒還記得！」陳登倒也不是心胸狹窄，只不過是想要逗一逗曹朋而已。

青年奇道：「賢弟已出仕了？」語氣中，帶著濃濃的驚異。

畢竟曹朋的年紀小，一眼就能看出個大概。

青年之所以湊過來坐，也是因為曹朋縮在角落裡一言不發。那種沉靜的氣質，讓青年頗為讚賞，甚至還以為曹朋是哪家縉紳子弟。小小年紀能有這樣的氣度，當然引起了青年的好奇。一開始他也是沒話找話說，沒想到被曹朋誤會成老饕，而且一說起來，竟然入了神。

曹朋搔搔頭，「其實，我哪算什麼出仕，不過是幫忙罷了。」

「幫忙？」

陳登開口道：「曹朋的姐夫，便是新任海西令鄧稷。」

「海西令……呃，我想起來了！是不是代替子虞出任海西的鄧叔孫？」

其實，在徐州這個圈子裡，鄧稷的聲名並不是特別響亮。人們知道鄧稷的名字，更多不是因為鄧稷有多大的才華，而是因為之前孔融曾舉薦了漳長梁習梁子虞，沒想到被鄧稷取代。

倒也不是說，人們對鄧稷會有多麼反感。更多人，是懷著一種好奇。

「鄧海西沒來嗎？」

「呃，姐夫如今不在海西，正在淮陵公幹，故而命我前來道賀。」

「海西……可是不太好辦啊。」青年站起來，長出一口氣，笑咪咪道：「不過與賢弟一席話，倒也頗有趣味。他日若有閒暇的時候，我一定會去海西，品嘗一下賢弟所說的那些美味。」

「呃，固所願也，不敢請耳。」

「哈哈哈，好了，那我就先失陪了。」

陳登倒是不再和曹朋交談，拉著青年就走了。

「元龍，我跟你說……這個曹小弟頗懂美食，剛才和我說到了一些，很吸引人啊。你若不過來，說不定我還能多知道一些……不過，你找我又有什麼事情？先說好，我可是不勝酒力。」青年和陳登一邊走，一邊低聲嘀咕。

也搭著曹朋耳朵好一點，所以聽了個大概。那青年果然是個老饕！

不過說了半天話，曹朋竟然不知道對方是什麼人，叫什麼名字。

長文？又是他媽的表字……曹朋開始無奈了。他怎可能記住三國時代每一個人的名字，同時還要記住這些人的表字？這可真是個麻煩事。

長文……又是誰呢？

酒席宴上，呂布突然起身，手持大觴，挨個敬酒。

可以說，他的姿態已經放得很低，可是許多人還是對他言語冷淡。呂布的名聲實在是太差了，以至於不管他怎麼做，都不會得到士人的認可。更不要說，呂布的出身連曹朋都不如。

「小娃娃，可敢飲酒？」呂布一路敬過來，就看到了曹朋。

本來，曹朋挺不惹人注意。可呂布上前，攬住曹朋的胳膊，帶著三分醉意，言語間很親熱。

「元龍，曹朋和溫侯認識嗎？」青年輕聲問道。

陳登點點頭，「認得……昨天還在長街上和溫侯打了一架。」

「啊？」青年不由得一聲輕呼，「這小娃娃，居然沒有被溫侯打死嗎？」

「呃……聽說是輸了！」陳登道：「而且還是和虎賁中郎將典韋之子，以及另一個人聯手攻擊，結果被溫侯一招擊敗。但他們也不是太差，至少和侯成、魏續、宋憲三人單打獨鬥時，不落下風。」

「典韋之子？」青年疑惑道：「這曹朋和典韋認識嗎？」

「據說關係很密切……長文，你可別小看這娃娃，他在許都，那也是風雲人物，名聲不小呢。此前和你說的那份金蘭譜，據說就是這娃娃親手所書。他和幾個娃娃在獄中結拜，號小八義……呵呵，他那幾個結義的兄弟，還是挺有來頭，一個是曹公族子，一個是武猛都尉許褚之子。原以為他有幾分急智和才幹，卻不想這小娃娃的武藝也不錯，不簡單，不簡單啊。」

青年眉頭一蹙，再看向曹朋的時候，目光就明顯有些不太一樣。

曹朋一下子成了焦點，也感覺很無奈。

「溫侯若敬酒，下官焉能不喝？」

「好！」呂布大笑道：「大丈夫又豈能不會飲酒？來人，給曹公子上大觴，某與之共飲三大觴。」

立刻有奴婢奉來大觴，呂布一手拎著酒瓿的壺耳，上來就給曹朋滿上一杯。

喝酒？曹朋還真不害怕。他二話不說，端起大觴，仰頭咚咚咚便喝了個精光。

「溫侯，請酒。」

呂布看曹朋的目光，親切許多。「好，待我滿飲此杯。」

兩人就站在大殿門口，當著眾人的面，連乾了三大觴。呂布這才放過了曹朋，接著往下敬酒。

曹朋輕輕呼出了一口濁氣，正要回身坐下，忽感覺有人在看著他，連忙轉身。

在大殿玉階下，有一個中年文士。他孤零零的一個人坐著，自斟自飲，顯得格外不同。剛才正是他盯著曹朋，當曹朋扭頭看過來時，中年文士並沒有躲避，眯著眼睛，凝視曹朋，一言不發。那目光中，有一絲絲冷意，令曹朋感覺著有些心冷。

兩人相視片刻，中年文士的臉上浮現一抹冷笑，扭過頭去。

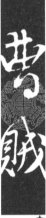

「敢問先生，那玉階下的先生，又是哪位？」曹朋坐下來後，向席前人打聽。

「你是說公台先生嗎？」

媽逼，你們這些東漢人，直接說姓名會死嗎？

不過『公台』這個表字，曹朋倒是有那麼一點印象。京劇捉放曹，陳宮陳公台……

《三國演義》裡，曹操獻七寶刀欲殺董卓，不慎被董卓覺察，於是自洛陽逃走。途經中牟時，被中牟縣令捉獲，那個中牟縣令就是陳宮。陳宮因仰慕曹操高義，故而放了曹操，並棄官相隨。沒想到路上在呂伯奢家中休息時，曹操因誤會殺了呂伯奢一家，陳宮因此而感到曹操是蛇蠍之心，故而捨了曹操……後來，陳宮輔佐呂布，並一直到白門樓被曹操所殺。

這故事很精彩！但是曹朋在重生之後，卻聽到了另一個版本。

初平三年時，兗州刺史劉岱被殺，兗州群龍無首。當時陳宮就推薦了時任東郡太守的曹操。他對鄉人說：「近天下分裂，而州無主。曹東郡，命世之才也，若迎以牧州，必寧生民。」為此，他四處遊說兗州世族，並獲得了兗州士人的支持。

在一開始，陳宮可以說是曹操帳下的第一謀士。然而，隨著荀彧、程昱等人的到來，陳宮在曹操的陣營中，地位受到了影響。他雖然是兗州士人，可是和荀彧這種老牌世族子弟相比，差距甚大。後來又發生了一件事，那就是曹操誅殺了前九江太守，兗州名士邊讓……

說穿了，陳宮迎接曹操，也有為兗州士人謀劃的想法。沒想到邊讓被殺，令兗州士人對曹操怨念頗深，陳宮更受到了指責，說他欺騙了兗州鄉親。陳宮羞怒至極。

時呂布從關中逃離，陳宮得知消息後，便立刻與呂布聯繫，趁曹操出征徐州，起兵造反，從而引發了曹操和呂布之間的濮陽大戰。此後，呂布戰敗，逃到了徐州。陳宮為呂布謀劃，擊敗劉備，奪取下邳，使呂布有了一個容身之所。換句話說，陳宮是呂布手下，首席謀士。

曹朋可以感受到陳宮眼中的那一絲冷意，心裡不免有些擔心，如果繼續留在下邳的話，只怕這陳宮會對他不利。

想到這裡，曹朋便生出了離開的念頭。只不過在酒宴上，他也不好告辭。不過暗地裡已拿定了主意，儘快離開這是非之地。

沒錯，就是是非之地……他到了下邳第一天，便和侯成等人發生了衝突；而後早上，又差點和呂布的兒子呂吉發生衝突，現在又可能被陳宮惦記。

這若還不算是是非之地的話，那麼天下只怕處處都成了淨土。

曹朋吃了一口菜，便開始考慮，怎麼脫身。

「敢問，可是曹公子？」就在曹朋思忖的時候，一個小女婢來到曹朋的身後，輕聲問道。

曹朋點點頭，「我是曹朋。」

「請曹公子隨小婢來。」

「妳是……」

「我家公子，有請曹公子。」

曹朋不由得糊塗了，不解的看著小婢。「妳家公子是誰？」

「公子過去，自然曉得。」

還挺神秘……

曹朋其實並不太想去，但又一想，覺得這麼拒絕，似乎也不太好。反正是光天化日下，又有什麼好害怕的？想到這裡，曹朋站起身來，隨著那小婢走出大殿。

順著大殿迴廊，曹朋跟在小婢身後。

這小婢的背影挺不錯，只是走路的時候，好像有點彆扭。仔細觀察，就會發覺她一隻腳好像有點跛，雖然她行走時已盡力掩飾這個毛病，曹朋還是一眼就看出了端倪。

「咱們這是要去哪兒？」曹朋隨著小婢走了一會兒，見離大殿越來越遠，似是往後宅去。他不由得有些奇怪，便開口問道。

小婢停下來，扭頭微微一笑，「公子只管隨我來就是。」

「慢著，妳先說清楚，妳家公子究竟是誰，妳這究竟是要帶我去哪裡？」

「我家公子，自然就是君侯公子嘍！」

「呂吉？」

「當然不是，君侯膝下，只有一位公子，卻非少君侯。」

這不解釋還好，越解釋曹朋就越感覺有些糊塗。

什麼叫做妳家君侯只有一個公子，還不是少君侯？這什麼亂七八糟的關係？難道說，是昨天那個從酒樓裡出來的娘娘腔嗎？他找我幹嘛！

曹朋一頭霧水，弄不清楚這其中的奧妙。

「公子，前面就是了。」

曹朋跟著小婢一路走來，走的全是幽靜小路，一路上也沒有遇到什麼人。

待走到一個小園子前，小婢停下來，笑嘻嘻說道：「公子，穿過前面的園子，有一個院落，您進去就是，我家公子就在裡面等候。」

「妳不帶我過去？」

「嗯……非是小婢推辭，實在是我家公子有命，小婢不敢違背。」

「這樣啊！」

曹朋看了那小婢一眼，猶豫一下後，便朝著小園子行去。

看到曹朋的背影沒入園子，那小婢臉色一變，臉上的笑意陡然間消失無蹤。她左右看了看，見附近並沒有人，便沿著一條小徑匆匆離去。

曹朋也沒有太在意，穿過了園子後，便看到了一個獨立的小跨院。準確的說，這園子應該和小跨院是一體的，只不過由於隆冬，這園子裡的花兒都已經殘落。

曹朋也沒有想太多，順著園子小徑，便走進了跨院。

一道小巧的拱門後，正中央是一座小亭子，兩邊各有一排廂房。

「有人嗎？」曹朋站在院子門口，喊了一聲。

院子裡靜悄悄，卻沒有什麼動靜……

奇怪，怎麼沒有人？

曹朋邁步走到亭子裡，見亭裡有一張長案，上面擺著一副七弦古琴。

琴，似乎是用梧桐木做成，琴尾處還有一層焦黑痕跡，好像是被火燒過一樣，非常清晰。

空氣中，瀰漫著一股淡淡的蘭花香。

曹朋心裡突然一動，暗叫一聲不好，扭頭就想要走。

這種橋段，他前世也聽說過。從那空氣裡的香味可以判定，這裡住著的應該是一個女人，而非什麼『公子』。這可是呂布的後宅，那住在這裡的，就算不是呂布的妻妾，也一定是……有人在陷害我！

曹朋匆匆走出亭子，剛要出拱門，卻聽外面傳來一聲說話聲。

「小娘，我不要練什麼琴。」

「女孩子家，整日裡舞槍弄棒的，怎麼才好啊！妳娘讓妳學琴，也是為妳好……」

「我才不要學琴，我要學祈兒姐姐那樣，練一身好武藝，將來隨爹爹一起上陣殺敵。」

「不行！」

「小娘……」

「玲綺，妳莫求我，夫人吩咐下來，妳躲不過的。再者說了，妳一個女孩子家，不學這琴棋書畫，舞槍弄棒的……將來若嫁出去，豈不被人笑話。」

「我才不要嫁人！」一個嬌憨的聲音吵鬧起來。「想要我嫁也可以，只要能和爹爹一樣厲害就行。」

「玲綺，不許胡鬧。」

「我沒有胡鬧……」

聲音越來越近，顯然已進了園子，曹朋有點急眼了……這若是被發現，就是跳到河裡也說不清楚。

他急中生智，看到旁邊一間廂房的門虛掩著，連忙三步併作兩步，衝到門廊下，伸手拉開房門，閃身就躲了進去。站在門口，他長出了一口氣，但願這幫子女人別待得太久了。

他轉過身，可突然間卻愣住了。

這房間裡空蕩蕩的，裡面是一個一米見方的火塘子。裡面堆著火炭，燒得通紅，使得這房間裡極為溫暖。正中央，擺放著一個圓桶。這個桶很大，約一米多高，橢圓形，長有三米左右。裡面還放了熱水，水氣騰騰，在屋子裡瀰漫……水面上漂浮著一層花瓣，有一股淡淡的香味。

曹朋就算是傻子，也能看清楚這房間的用途。

浴室！這是一間浴室！

曹朋驚出了一頭冷汗，閃身就想要出去。這要是萬一有人進來洗澡的話，沒有事也要變出事來。可是他的手剛放在門上，想要把門拉開的時候，人影晃動，一群女人便走進了這幽靜小院，曹朋嚇得連忙放下手，目光在浴室裡掃過。

心，怦怦直跳，額頭上汗水刷的一下子就流淌下來。

不過，不是熱的汗水，而是冷汗……

「小娘，我餓了。」

「練完琴，小娘親自給妳做。」

「可是……」

「玲綺，妳莫再鬧了！」一個柔美的聲音，隱隱約約傳入房間，「小娘知道妳不喜歡這些，可妳也要為妳爹爹著想……這些年來，妳爹爹東奔西走，費了多少心思？如今總算是有了落腳之地，他希望能為妳尋一個好人家，將來能有所依靠……至少，不用再為妳費心啊。」

「我……」嬌憨的聲音沉默了一會兒，重又響起，「小娘，那我練一小會兒，好不好？」

「好！」

「那妳教我。」

屋外，響起了悠揚琴聲，如泣如訴。

可曹朋站在屋子裡，卻好像火燒了屁股一樣，有些不知所措。那火塘子裡的炭火是越燒越熱，加上瀰漫著空中的水氣，使得曹朋的衣服都快要濕透了！他現在只盼著外面的女人彈完琴，趕緊走。

但這世上的事情，往往是事與願違。

當琴聲止住，嬌憨的聲音再次響起，「小娘，妳彈得真好……小娘，妳要去哪兒？」

「我先去洗一洗，妳在這裡好好練琴。等一會兒小娘給妳做好吃的，如果不好好練，可就不許吃。」

章二

焦尾琵琶

操！

曹朋快要崩潰了。

而這時候，腳步聲響起，越來越近……

章三 千古紅顏

門開了！一個婀娜身影，走進來。

水氣瀰漫，使得屋裡的視線多多少少有些模糊，女人在兩個女婢的陪同下進屋之後，旋即便合上了房門。

浴室一隅，有一面小屏風，桐木雕琢，深褐色的漆面，與浴室的整體色彩倒也頗為吻合。屏風上繪有仕女圖，圖像鮮活，極為生動。曹朋也看不出個端倪，此刻正躲在那屏風後面。

旁邊的火塘子，炭火熊熊。縮在這角落裡面，曹朋只覺得自己好像被置於炭火上燒烤一樣。那水氣，那火炭……滋味可真足！

曹朋心裡面咒罵不止，同時又暗自期盼著，可千萬別穿幫。這裡是呂布的府邸，這要是傳揚出去，還不得被呂布給撕了？他閉上眼，努力讓自己保持平靜的心態，以免再受到刺激。

衣袂窣窣，似有人在脫衣服。並有水聲嘩嘩響……

「夫人，水正好。」

「嗯！」

柔媚的聲音，頗有些銷魂的滋味。曹朋不由得嚥了口唾沫，暗自叫苦不迭。

可越怕什麼，就越是來什麼。就在曹朋有些心猿意馬的時候，忽覺眼前一暗，緊跟著有衣裙落下，套在了他的頭上。想來是對方脫了衣服，順手就搭在屏風上的緣故。一股如蘭似麝的香粉氣，夾雜著一抹若有若無的女人體香，一下子就灌入了曹朋的鼻子裡，令他險些失了心神。

「小蘭，妳們先下去吧。」

那柔媚的聲音再次響起，可是在曹朋的耳中，卻顯然比之前更具誘惑。

「是。」兩個小婢恭聲回答。

「對了，過一會兒讓祈兒來一下。」

「是，小夫人。」

緊跟著，門嘎吱一聲撞在門葉上，合攏起來。

木屐踩著略有些濕潤的地板，發出吧唧吧唧的聲響，而後有水聲響起，想必是對方已經入了浴桶。

曹朋努力平定了一下心緒，把蓋在頭上的衣服緩緩拿開。

他一邊拿開，一邊暗自思忖：是誰在陷害我呢？

不過就目前來說，誰陷害他，似乎不是個很重要的問題。重要的是，他怎麼離開這裡……

在這裡多待上一會兒，危險就會增加一分。曹朋相信，陷害他的人，肯定不會這麼輕而易舉的罷手。把他給騙到了這裡，那麼接下來，一定還會有後招。一旦被人發現，他小命難保！

若被我知道是誰害我，定不饒他！

曹朋正想著，忽聽耳邊嘩啦一聲響，屏風突然間倒了！也是他有些焦躁，在拿掉衣服的時候，竟不小心撞在了屏風上。屏風這一倒，他的身形頓時暴露出來，同時眼前也豁然一亮。

一個年紀不到三旬的美婦人，正坐在浴桶中。但她卻不是一絲不掛，肩頭還覆蓋著一縷輕紗。那紗已濕，緊貼在若凝脂般的玉肌香膚上，從後頸繞過來，攏帶在胸前。雪白的酥胸上，水珠子晶瑩閃耀，順著一抹溝壑滑落水中。酥胸半浸水中，輕紗下，嫣紅若隱若現，更顯誘人。

美婦人也嚇了一跳，本能的一聲驚呼。

曹朋嚇得連忙把手指放在唇邊，而後拱手，連連作揖，旋即轉過身去。

「夫人，出了什麼事？」

「沒事！」美婦人猶豫了下：「只是不小心滑了一下，沒事，妳們在外面守著就好。」

「是！」小婢旋即止聲。

「你是誰？」美婦人在將身子往下沉了一下。

「在下、在下也是被人陷害，實無意冒犯夫人。」

「你且轉過身來。」

曹朋遲疑片刻，還是轉過身來。

不過，他可不敢盯著對方看，只能眼觀鼻，鼻觀口，口觀心，低著頭。可那木桶並不是太高，他站在木桶的一端，低著頭，可以從那水中花瓣的間隙，看到一雙修長白膩的玉腿。美婦人的小手浸泡在水裡，遮掩著前胸，將那一層輕紗拉得更緊。

「你怎麼會在這裡？」

「我……」曹朋猶豫了一下，還是決意實話實說。他深吸一口氣，轉身將屏風扶起來，並把衣物拾起來，搭在屏風上。「在下是海西兵曹，本奉命前來為君侯道賀。宴席上，忽有一小婢找我，說有一位公子要見我。我當時也沒有考慮太多，就跟著那小婢過來。在園子門外，那小婢說公子就在裡面，讓我自己進來。可是等我進來以後，就發覺有些不太對勁，想要離開的時候，正好夫人回來，我害怕被誤會，所以便、便……在下絕非故意。」

「海西兵曹？」美婦人蛾眉一蹙。「你就是昨日在街上，與君侯交鋒的少年？」

「呃……正是。」
「你以為，你剛才那番說話，我會相信？」
「此千真萬確，若有虛言，天打雷劈。」
「那我問你，拉你來的小婢，長什麼樣子？有什麼特徵？」
曹朋搔搔頭，「長什麼樣子我倒是沒有留意，不過我跟在她身後，覺得她好像有點跛。」
「跛？」
「雖然她盡量的掩飾，但還是能看出端倪。」
「該死的賤人！」美婦人突然輕聲罵道。不過，她話鋒旋即一轉，水中玉腿輕輕一挑，一蓬水花飛出，濺了曹朋一臉。「小傢伙，還看？」
那雙腿實在是太美了！多一分便肥，減一分便瘦。肌膚細膩潤滑，在水中若隱若現，格外誘惑。曹朋低著頭，看也不是，不看也不是……被潑了一臉的水登時有些尷尬，實不知如何是好。
看他那扭捏的樣子，美婦人倒是信了他的說辭。可問題是，怎麼讓他離開呢？
屋外有人在，曹朋肯定不能明目張膽的出去，否則被人看見了，沒事也要變成有事。
「你且轉過身！」美婦人想了想，對曹朋吩咐。
曹朋答應一聲之後，連忙轉身……身後傳來嘩啦的水聲，想必是美婦人從水中站起。

「君侯到！」屋外突然傳來了一聲呼喝。

曹朋的臉色登時變了，美婦人的臉色也變了。

「這賤人好毒辣。」貝齒輕咬紅唇，美婦人也不禁有些慌亂。不過，這婦人顯然也是見過世面、經過風雨的人，很快便冷靜下來。

「爹爹，你怎麼來了？」

「剛才呂吉派人告訴我，說家裡來了賊人，好像跑來了這邊……所以我過來查看。」

「賊人？」那嬌憨的聲音響起，「賊人在哪裡?爹爹，我一直在這練琴，沒看到賊人啊！」

「哦？」呂布沉默片刻，問道：「妳小娘呢？」

「小娘在沐浴，還說過一會兒要給我做好吃的。」

迴廊上，傳來了腳步聲。

美婦人看曹朋還站在那裡，不禁急了，「你怎麼還站在那兒?快躲起來！」

「躲哪裡啊！」

「你……」美婦人也是一怔，看了看窄小的屏風，一咬銀牙，急道：「你快進來。」

「進哪裡？」

「自然桶中。」

「啊？」曹朋嚇了一跳，可腳步聲越來越近，也由不得他再考慮。心一橫，他抬腳便跨入木桶，而後深吸一口氣，一頭扎進了水裡。曹朋的身子剛沒入水中，美婦人從旁邊抓起一把花瓣，灑在水面上，而後輕紗揚起，呼的覆蓋在水上，自己則往下一沉，復又坐在水中。

這時候，門開了！

「秀兒！」

「君侯？」

當呂布出現在門旁的時候，美婦人已恢復了正常，回過身來。

可這一扭頭，身子隨之便有了一個輕輕的舒展，一隻玉腿好死不死的便落入曹朋的懷中，那香滑濕膩的軟玉溫香，令曹朋心神蕩漾，險些就亂了氣息。

「妳，沒事吧？」

「我能有什麼事？」

「哦……」呂布目光迅速環視浴室，並沒有看到什麼可疑之處。他邁步走進屋內，來到了浴桶旁邊。「剛才呂吉告訴我，好像有賊人到了這邊。我有點不放心，所以過來看看。」

兩米的身高站在浴室裡，可以一目了然，包括那屏風後，也能看得清清楚楚。呂布沒有發現什麼可疑，便輕輕出了一口氣，柔聲道：「秀兒，妳要多小心才是。」

美婦人微微一笑，「此為溫侯府，自有君侯坐鎮，宵小又豈敢前來？」

「就是，就是！」門外，出現了一個少女。「爹爹放心，有女兒在這裡保護小娘，賊人又怎敢過來。」

呂布聽聞，哈哈大笑。「就因為是妳在這裡，爹爹才更不放心啊。」

「爹！」少女嬌憨頓足，一臉的不答應。

呂布笑道：「好了，讓妳小娘先洗一洗，妳去練琴吧。秀兒，我殿上還有客人，先去了。」

「君侯慢走。」

「嗯！」呂布轉身走出房間，隨手合上了房門。

聽到門葉響，曹朋的心神不由得一鬆，便想要站起來。一隻溫軟的柔荑，放在了他的頭上，纖細玉指輕輕敲了一下曹朋的腦袋，示意他不要亂動。美婦人就在他身旁，只是不經意的，那滑嫩的玉腿便貼在了曹朋的臉上，水裡的視線雖然不好，但他還是能看到……

門又開了！呂布腦袋伸進來，「秀兒，我走了。」

「君侯慢走。」

「嗯！」

門葉再次輕響。放在曹朋頭上的那隻柔荑旋即拿開。

「可以出來了！」

曹朋呼的一下子從水裡站起來，大口的喘著氣。

五分鐘，有木有，有木有！尼瑪在水裡憋了五分鐘，差一點就把他給憋死。

最痛苦的，莫過於他在水中看到的旖旎景色，令他心馳神蕩。同時還覺得有點可笑，剛才呂布的表現，活脫脫就是一個吃了醋的小男人模樣。不過，他這一站起來，把那美婦人身上的輕紗一下子給帶飛了出去，一副曲線玲瓏、婀娜動人的玉體就展現在他的面前，那種成熟誘人的風情，讓曹朋的心裡騰地就竄起了一股火氣，身體更本能的出現強烈反應。

美婦人羞怒，一把將輕紗抓過去，掩在身前：「還不出去！」

「啊……」

那嗔怒裡，夾帶著一絲絲羞意的醉人風情，讓曹朋神魂顛倒。身體好像失去了自主的意識，他從木桶中出來，濕答答的，從頭順著臉頰、身子往下滴水。

看著他那狼狽的模樣，美婦人又忍不住噗嗤一聲笑了。

那一笑，風情更濃……

「你叫曹朋，對嗎？」

「正是。」

「今天這件事，與你無關。」美婦人輕聲道：「不過你現在這個樣子，想要出去，恐怕很難。後園估計此刻已布下了人手，呂吉既然要出這種手段來，斷然不會善罷甘休，你怎麼辦？」

「全憑夫人安排。」

「你這孩子，倒賴上了我。」美婦人笑了，示意曹朋把屏風上的衣裙取來，而後覆蓋在木桶上。

「我倒是有個主意，但恐怕要委屈你一下。」

「什麼辦法？」

美婦人打量了曹朋一眼，貝齒咬著紅唇，「你個頭和我差不多，長得也清秀，不如就……」

曹朋的臉，一下子便垮下來。「夫人的意思，要我男扮女裝？」

「怎麼，你不願意？」美婦人蛾眉一挑，「那我就命人把你拿下，送給君侯發落，如何？」

「別……」曹朋苦笑，「我只是問問，又沒說不答應。」

那副委委屈屈的模樣，令美婦人抿嘴兒又笑了起來。那張精緻到毫無瑕疵的粉靨，略有些羞紅之色，想來剛才曹朋躲在木桶裡發生了什麼事情，她心知肚明。

「你先把衣服脫了吧。」

「啊？」

「不脫了你這身衣服，又如何換裝？」

曹朋聽罷，輕呼一口氣。還以為她對自己……他想著，便要解開腰帶。

卻聽美婦人羞怒道：「去屏風後面，你怎在這裡就脫了？」

「啊……」曹朋被一連串的事故攪得頭有些發昏，聽聞美婦人的羞怒，這才反應過來，三步併作兩步，躲到了屏風後面。

真丟死人了！曹朋暗自咒罵自己，可腦海中，卻不時浮現出一雙美腿間的誘人風情。

「啪啪！」左右給了自己一耳光，他心裡咒罵道：曹朋，你真不是人，那是你的恩人，你怎可以胡思亂想？

而屏風的另一邊，美婦人從浴桶中走出來，迅速穿戴好了衣衫。聽到那兩記耳光聲響，美婦人一怔，旋即好像明白了什麼似的，粉靨羞紅，但卻輕輕點頭。至少，這孩子懂得羞恥二字。

「取一套衣服來。」

「是！」門口的丫鬟答應一聲，便匆匆離去。

美婦人回過神，看了一眼屏風。

「祈兒來了沒有？」

「啊，已經來了。」

「叫她過來。」

不一會兒的工夫，從屋外走進來一個少女。「夫人，您找我嗎？」

「有一件事，要託付與妳。」

這時候，丫鬟捧著一套衣裙走來，美婦人示意祈兒拿好，便帶著她走進浴室。

「妳們先下去。」她對兩個婢女吩咐一聲後，合上了房門。

「夫人，有什麼事嗎？」

「妳且等一下，記得不許吃驚！」說罷，美婦人對著屏風後道：「出來吧。」

祈兒一怔，下意識想要叫喊，卻被美婦人捂住了嘴巴。

曹朋羞澀的從屏風後伸出頭來，不過也只是伸出頭，身子還縮在屏風後。「夫人……」

「怎麼是你？」祈兒愣了一下，看著曹朋脫口而出。

她見過我嗎？曹朋心裡有些奇怪，不過並沒有多嘴。這種時候他還是不要說話，否則難保會弄出誤會。

「這孩子，也是被人陷害。」美婦人輕聲道，並把曹朋剛才的那一番解釋，與祈兒講述了一遍。

「妳看，會不會是……」

祈兒的臉上浮起一抹怒色，「夫人，我早就說過，您對那母子太客氣了……那女人分明是想要害您。還有那胡兒，更是禽獸！夫人待他母子那麼好，他們竟然敢用這種下作手段。」

美婦人擺擺手，「這筆帳，我會和他母子清算，不過當務之急，還是把曹公子送走。」
「您是說……」手捧衣裙，祈兒愣了一下，旋即便露出一抹古怪的笑容。
美婦人點點頭，看了一眼曹朋。曹朋立刻把腦袋縮了回去。祈兒走過去，隔著屏風，把衣裙遞到曹朋的手裡。
可是，那屏風後沉默了片刻，曹朋期期艾艾道：「夫人……這衣裙，究竟該怎麼穿啊？」
美婦人和祈兒噗嗤笑出聲來。
「我倒是忘記了這樁麻煩！」美婦人笑道：「祈兒，妳過去幫他一下吧。」
「是。」祈兒強忍著笑意，繞過了屏風。
「啊……你怎麼都脫光了！」她立刻又跳了出來，粉靨羞紅，恰似晚霞一般。
「姐姐，不是我要耍流氓，實在是剛才……衣服都濕了，不脫光，怎麼換啊？」
美婦人的臉，也變紅了。「倒是忘記了這件事……算了，祈兒妳在這邊跟他說，讓他先把短衣穿上吧。曹公子，你且將就一下，聽祈兒吩咐。」
「哦！」
「祈兒，我先去給玲綺做飯，妳幫他穿戴好，就帶他離開吧。」
「喏！」

祈兒點頭答應，美婦人便走了。出門後，她順手合上了房門。祈兒則站在屏風的另一邊，低聲細語，為曹朋講解如何穿戴女裝。

「祈兒姐姐，剛才那位夫人，究竟是哪一個？」

祈兒愣了一下，「你不知道夫人是誰嗎？」

「我被人騙進來，根本不清楚狀況，連這裡是哪兒都不知道，又怎可能知道夫人的身分呢？」

祈兒沉默了片刻，低聲道：「那是我家小夫人。」

「小夫人？」

「是啊……當初小夫人為除董賊，委身相府，與君侯相知……人都說董賊是死於王司徒之手，卻不知道小夫人……」

祈兒後面的話，曹朋沒有聽進去。一個名字，在他的腦海中閃現出來……原來是她！

貂蟬，《三國演義》中，一位捨身報國的可敬女子。

時董卓弄權，天下大亂。諸侯聯名討伐，智者獻策獻謀，猛將捨生忘死，也未能剷除董卓。而一個弱女子，獻清白之身，周旋於呂布和董卓之間，以美人計離間二人，最終消滅董卓。

精彩的故事，可敬的女人！但是在《三國志》裡，卻沒有關於貂蟬的記載，只說這貂蟬是漢室女官的稱號，並不是人名。是否真有這樣一位奇女子？曹朋不得而知。

但是後世《中國歷代通俗演義》的作者蔡東藩先生，以極為肯定的口吻確認了貂蟬的存在。司徒王允累謀無成，乃遣一無拳無勇之貂蟬，以聲色為戈矛，僰能致元凶之死命。粉紅英雄，真可畏哉。並且說：為一國計，則道在通變。普天下之忠臣義士，猛將勇夫不能除一董卓，而貂蟬獨能除之，此豈尚得以迂拘之見，蔑視彼姝乎？貂蟬，貂蟬，吾愛之，重之！

蔡東藩先生也沒有說清楚，是否真有一個叫貂蟬的女人，剷除了董卓。但他卻認為，的確是有這麼一個奇女子，在當時天下英雄束手無策時，挺身而出，滅掉董卓。

也許，正是因為天下魯男子們沒有做到的事情，反倒被一個小女人做成。撰寫《三國志》的陳壽，或有意或無意的忽視了這麼一個女人的存在，為大男人的面子而考慮。

貂蟬，不論是一個官職，還是人名，都不重要。

重要的是，在漫漫歷史的長河中，的確存有這麼一個奇女子……這已經足夠了！

曹朋不由得肅然起敬，更為先前那個齷齪的念頭而感到羞愧。竟褻瀆了奇女子，實在該死。

換上了一身女裝，祈兒又給曹朋梳了一個墮馬髻，把曹朋的衣物收好，找東西包裹起來後，走出浴室。

此時，跨院裡已不見了人蹤。倒是對面廂房裡不時傳出歡笑聲，想來是呂布的女兒正在和貂蟬用飯。曹朋已經知道，那天在酒樓外出面阻攔呂布的少年將軍，就是那房中正在歡笑的少女。

她應該是叫做……呂玲綺？

不曉得她是不是那個在歷史上，被呂布背在身上，試圖闖出曹魏聯營，送與袁術之子的女孩兒。聽她那銀鈴般的笑聲，曹朋心想：這份恩情，我早晚一定會報還回去。

大殿裡的酒宴已經結束，賓客們也三五成群的散去。不過，小城裡仍戒備森嚴，曹朋跟著祈兒走出小城的城門，就看見兩個熟悉的人正站在一起。

一個就是之前攔阻他的呂吉。另一個更不陌生，正是劉備的手下謀士，孫乾。

「祈兒，要出去嗎？」呂吉遠遠的打招呼。

祈兒卻板著臉，拉著曹朋的手，逕自離開，給了呂吉一個好大的無趣。

「祈兒姐姐，那呂吉害我也就是了，為何要……」

「還不是為了那個賤女人！」祈兒咬牙切齒道：「當初她嫌棄君侯，後來被鮮卑人抓走，生了那胡兒。君侯將她救回來後，那女人就纏著君侯，還讓那胡兒改姓為呂。也是大夫人寬厚，沒有計較。小夫人嫁過來以後，那女人就卻不識好歹，屢屢與小夫人爭寵……胡兒更野心甚大，想要繼承君侯。他母子二人在這邊，沒少惹事。也是小夫人人好，不願與他母子計較。可越是如此，他母子就越是張狂。這次更設下這等陷阱，其心可誅，其心可誅！」

曹朋聽出了一個大概，但卻不好說什麼。「胡兒，與劉豫州很熟悉嗎？」

劉備，如今官拜豫州牧，故而時人稱之劉豫州。

祈兒扭頭，朝著孫乾看了一眼，露出鄙薄之色，「那倒是不清楚，不過劉備每次派人過來，都會贈胡兒一份禮物。那個孫公佑，休看他一臉忠厚之像，其實……心腸毒得很呢。」

曹朋沒有再追問下去，不過大致上也算明白了事情的原委。但是還有一件事他不太清楚，呂吉為何對他那麼敵視？拋開這次陷害不說，兩人第一次見面時，似乎就不太友善。

「對了！」曹朋突然想起了一件事，「我的馬……」

「你別急，馬的事情我回去和小夫人說，到時候會想辦法還給你。」

「可是……」

「可是什麼？」

「我的馬還在府內，我人卻不在，豈不是……」

祈兒停下腳步，沉吟片刻後，便拉著曹朋，走進了一家成衣店。依著曹朋先前的裝束，買了一身之後，祈兒又帶著曹朋繞過小城正門前的大街，從一扇小門進入。

找了個僻靜之處，曹朋把衣服換好。

祈兒笑道：「曹公子，我倒是覺得，你扮作女兒家，似乎更好看。」

這麼一句話，若換作別人，說不得會當下與祈兒反目。而曹朋呢，也只是有些尷尬，訕訕一笑：

「祈兒姐姐，妳莫要再取笑我了！」

祈兒嘻嘻一笑，果然沒有再說下去。

不過呢，她對曹朋的態度倒是好了一些。至少，給祈兒的感覺是，曹朋沒有那種大男子主義，而且性子也溫和，對女孩子也很敬重，說起話來慢吞吞，偶爾還像個女孩子般紅臉。

「曹公子，你還沒有走？」

就在曹朋準備和祈兒告辭時，忽聽有人喊他。扭頭看去，見曹性帶著一干甲士，迎著他走了過來。

「呃……」

不等曹朋開口，曹性已經過來，當他看清楚祈兒的時候，不由得一怔，旋即臉上露出一抹詭異的笑容。「我說呢，你的馬還在，人卻不見了……原來是在這裡私會佳人。」

「呃，曹將軍不要誤會。」

「哈哈，我哪有誤會，沒想到你和祈兒姑娘倒是很……」

祈兒的臉色一沉，「曹將軍，我還有事，你們談吧。」說罷，她也不理睬曹性，沿著小路逕自離去。

「曹將軍，你真的誤會了。」

「好好，我誤會了……」曹性一副『你騙誰』的表情，看著祈兒的背影遠去，輕聲笑道：「曹公子，祈兒可是我家君侯從小帶大，視若己出。名義上與大小姐主僕，但實際上親如姐妹。只是她冷冰冰的，不假人臉色，而且隨君侯練得一身好武藝，所以一般人也難接觸。」

曹朋知道，這事情是越描越黑，索性做出一副隨便你說的樣子，不再開口。

「走吧，我送你出城。」

「曹將軍，你們這……如臨大敵的樣子，究竟是怎麼回事？」

「還不是那胡……呃，是少君侯對君侯說，有賊人在城裡鬧事。君侯下令盤查，故而城內守衛森嚴。剛才我看到你的馬還在，可看不到你的人，還以為……呵呵，算了算了，我送你。」

當曹朋和曹性再次走出城門的時候，呂吉和孫乾已經不在了。

曹朋逕自跨坐上照夜白，和曹性拱手道別。

在回去的路上，他還在想今天這件事。呂吉對他懷有敵意，本就有點莫名其妙，而後又下死手陷害他，抑或者說是其母爭寵，但把他給牽連進去，不免有些突然，有些詭異。

聯想到剛才看到呂吉和孫乾在一起說話，曹朋略有些明悟。

孫公佑，你這就出招了嗎？

昨天晚上，孫乾在酒樓裡和那個名叫『子衿』的人交談，暴露出了劉備與海西的密切關聯。其實，這種關聯大家都心知肚明。

麋家是劉備的人，而海西鹽梟的幕後主使又是麋家，那劉備在其中的作用，自然就凸顯出來。他依靠麋家的私鹽，來換取軍糧兵械，同時又在海西保存一股力量，隨時可以影響下邳。

在後世，很多人都認為，劉備是靠著哭，打下來的江山。

但作為劉備曾經的粉絲，曹朋很清楚，劉備能三分天下，與孫吳曹魏鼎足而立，可不僅僅靠著哭能得來。這個人，有手段，更懂得包裝自己。漢室宗親啊……正如後世厚黑學教主李宗吾所說的那樣，劉備身為劉氏子孫，將他祖先劉邦的『厚』，學得可入木三分，爐火純青。

不過，你不惹我就罷了，你若是惹我……

曹朋眼中，殺機隱現。

此仇不報非君子……孫乾，你既然敢陷害我，我就一定會斷了你家主公的財路！

一個念頭在腦海中陡然生成，曹朋的眼睛不由得瞇起來，臉上更露出一抹詭異的笑容。

回到驛站的時候，孫乾正準備離開。車馬已經備好，他從驛站裡走出，剛想要上車，卻聽有人喊道：「公佑先生，請您先留步。」

扭頭看去，見曹朋笑咪咪的過來，朝著他一拱手。

孫乾先是一怔，忙拱手還禮。「曹公子！」

「呵呵，公佑先生認得我嗎？」

「這個……公子在溫侯酒宴上，得溫侯敬酒三杯，孫乾焉能不知？」

曹朋笑容燦爛，「原來如此，我道公佑先生也知我賤名，剛才還偷偷的高興了一下呢。」

「呃……」饒是孫乾機靈、能言善辯，被曹朋這一句話說得，也不知該如何回答。

這貨，也忒不要臉了吧！你一個小小的兵曹，也配我認識？

可這禮數在這裡，所謂伸手不打笑臉人，孫乾還真不知道該如何開口。

「公佑先生，這是要走嗎？」

「哦，正是。」

「那路上小心一點，別出了意外。」

孫乾心裡不由得咯登一下，曹朋這句話聽上去關切之意濃濃，可是卻怎麼聽，怎麼不是味道。難道說，他知道了什麼？看著曹朋那張稚嫩的面龐，孫乾又有些拿不定主意。

「若見到劉豫州，還望代我道賀。」

「道賀？」

「聽說劉豫州得了楊奉、韓暹的兵馬，如今兵強馬壯，難道不值得道賀嗎？」

「這個……曹公子說笑了。」

「是嗎？」曹朋嘿嘿一笑，「那公佑先生，您可多保重。」說完，他逕自返回驛站。

孫乾站在馬車旁邊，一時間也不知道該如何是好。

曹朋的話，聽上去是句句情深意切，可一琢磨，又覺得是句句暗藏機鋒。這小子究竟是什麼意思？他到底是在道賀，還是……也許，自己之前的行動有些魯莽，被這小子覺察到了？

越想，就覺得越彆扭。孫乾登上馬車之後，卻是提心吊膽。

「快，咱們馬上回小沛，不要耽擱了路程。」

「阿福，剛才看你和劉備的使者在門口說話，你認識他？」

「不認識！」

「不認識，你和他說那麼多？」坐在跨院的客廳裡，許儀和典滿拉著曹朋問道。

曹朋回答道：「不過是寒暄而已，面子上的功夫。」

「哦！」典滿點了點頭，突然壓低聲音道：「你用不著和他客氣。聽我爹說，劉玄德那個人，很差勁。」

「是嗎？」
典滿用力的點點頭，表示他所言屬實。
曹朋倒是不奇怪：似典韋那種人，喜歡直來直去。
劉備或許很會包裝自己，可是在典韋這種人的眼裡，卻未必能討好，甚至還會產生反作用。
「管他呢，咱們也準備一下，該回去了。」
典滿和許儀連忙答應，三人吩咐下去，讓僕人們準備行李。
就在這時，忽聽驛館外一陣人喊馬嘶的聲響。緊跟著驛官匆匆跑來，看到曹朋，連忙上前見禮：
「曹公子，外面有人找。」
「哦？」曹朋有些奇怪，連忙和那驛官走出了驛站。
只見驛站門外的長街上，停著一隊軍士。這些軍士和之前曹朋看到的軍士有明顯的不同，一個個沉默無語，靜立於長街上，帶著濃濃煞氣。
「曹公子，咱們又見面了！」曹性看到曹朋，笑呵呵的揮手招呼。「你還說和祈兒姑娘沒關係？」
「怎麼了？」
「呵呵，這是祈兒姑娘為你求來的兵馬！」
「啊！」曹朋張大了嘴巴，看看眼前的兵士，又看了看曹性。

「小夫人說海西現在挺亂，你一個小孩子家家的在那邊做事，肯定不容易，所以剛才求君侯幫你一下。喏，這是從文遠部下摳出來的一部兵士，他們可以隨你一同前往海西縣……郝昭！」

「末將在！」

從軍士中走出一名少年。看他的年紀，大概也就是十六、七歲，生得濃眉大眼，虎背熊腰。聽口音，好像是北地人。曹朋也無法分辨究竟是什麼地方。

「從現在起，你就跟著曹公子吧。」

郝昭面無表情，拱手道：「末將遵命……末將見過曹公子。」

「啊，免禮！」曹朋這會兒還有點發暈，不過大致上，好像明白了其中的奧妙。

不是祈兒！他和祈兒還沒有這麼深的交情。

「君侯，可有吩咐？」

「君侯倒是沒什麼吩咐，不過小夫人說讓你好好做事，將來若有所成，莫忘記君侯恩義。」

不，不是君侯恩義！而是她的恩義……曹朋好像有一點明白了。

貂蟬……哦，姑且叫她貂蟬吧。她這是希望自己在將來的某一天，能幫呂布一把！

且不去問貂蟬是否存有私心，但不管怎麼說，眼前這些軍士，對曹朋無疑就是雪中送炭。

他猶豫一下，「請回稟小夫人，就說曹朋，絕不會忘記今日之恩義！」

章四 沮水河畔論英雄

下邳小城後宅，小夫人任秀，正在燈下縫補衣衫。

貂蟬，是漢代的女官名號。而她的真名，叫做任秀，字紅昌，並州五原人。說起來，任秀和呂布也是同鄉。不過，任秀從小便隨舅父離開家園，遠赴臨洮，後來又輾轉到了長安，還變成了漢室宮中的女官。

呂玲綺蜷在榻上睡著了，她睡覺的樣子，好像一隻小貓。

貂蟬把一件戰袍縫補妥當之後，放在一旁。她抬頭看了看祈兒，精緻而動人的面龐露出淡淡的笑容。

「祈兒，妳憋了一晚上，說吧。」

「夫人，為什麼要幫那個小賊呢？」

祈兒口中的小賊，就是曹朋。

貂蟬笑了笑，「我只是想為君侯，找一個依靠。」

她站起來，都到窗邊，為玲綺掖了一下被子，輕輕拂過她臉龐的髮絲。此時的貂蟬，如同一個慈祥的母親。呂玲綺雖然不是她親生，但在她眼中，就如同親生一樣。

「君侯如今雖坐鎮下邳，可是處境並不好。他本就不是個雄主，雖說武藝高強，但……他做不好一個主公，所以早晚會有橫禍。休看他凱旋而歸，許多人都來道賀，可是我敢說，那些道賀的人裡面，沒有一個是真心的前來。」貂蟬在祈兒身旁坐下，又補了一句：「包括曹朋。」

「那為什麼還幫他？」

「因為其他人……」貂蟬嘆了一口氣，露出一抹哀色。「縱觀這下邳城裡，和君侯一心者，屈指可數。就算是那個陳公台，也只是想利用君侯罷了。陳漢瑜老謀深算，陳元龍八面玲瓏……這些人從一開始就沒有接納君侯，不過虛與委蛇。」

「那小賊呢？」

「小賊嘛……很滑頭。」

「嗯？」祈兒疑惑不解，看著貂蟬。

「不過我覺得那孩子，和陳漢瑜那些人不一樣。他雖然是曹公麾下，但給人的感覺，似乎不是他那年齡的人……祈兒，妳能想像嗎？一個大男人，居然同意打扮成女人的模樣？若是換一個人，只怕早就翻臉。可是他居然答應了……那孩子的眸光很清澈，而且很深邃，我有一種預感，他將來定能做一番大事業。我今日施以恩澤，只盼他將來能夠知恩圖報。」

祈兒輕聲道：「可是，他並不知道啊。」

「傻丫頭，他知道的！」貂蟬說罷，又拿起了針線。

祈兒則靜靜的坐著，看著貂蟬的側面。她暗地裡握緊了拳頭，在心裡道：曹朋，他日你如果敢負了夫人的這份心意，我定不放過你！

「阿嚏！」曹朋揉了揉鼻子，勒住照夜白。

下邳城，已經遠遠被拋在了身後。一輪皎月當空，卻顯得格外清冷。曹朋下意識的裹緊了袍子，扭頭向身後看過去，嘴角微微一翹。

郝昭……那位鐵壁將軍，竟然成了我的部曲！

《三國演義》裡，郝昭出場已經是在後期。當時是諸葛亮出祁山，意圖奪取關中，而後北伐中原。郝昭奉命出鎮陳倉，任憑諸葛亮使出了千般手段，力保陳倉不失，迫得諸葛亮不得不放棄攻取陳倉的計畫……在後世，有人稱呼郝昭為鐵壁將軍，意思是說他守禦城池，如銅牆鐵壁。

不過，郝昭一生，似乎也只有這一個功績。此後他便默默無聞，至少在《三國演義》裡沒有出場。至於他的前半生，更成了一個謎。

而今，郝昭的臉上還帶著幾分青澀的稚嫩，看上去並無出奇之處。

他在呂布軍中，為部曲督，掌二百人。

由於呂布起於邊戎，所以這軍中的編制有些不同。如伍長、什長、都伯、屯將這四級軍職，大致上相同，但是由屯到曲，便有了變化。比如曹操等人的部下，一曲有五屯，兩曲為一部；而邊軍卻是兩屯便成一曲，稱之為部曲督，也就是君侯。

邊軍的一校，不過一、兩千人，一軍也不過萬人而已……但若在京畿地區，一校差不多就是七、八千人。所以邊軍的校尉，只是假校尉，權力遠沒有京畿的校尉大，自然待遇也不太高。

但郝昭十七歲便能做到部曲督的位子，足以說明他的不簡單。

此前，郝昭在張遼手下做事，本為陷陣後備軍。由於陷陣營常置八百人，臨戰若有死傷，必須要從速補入。而這個補充的人手，就是從張遼手中抽調……所以，也算得上一支精銳。

本來張遼還不太願意，畢竟這精卒銳士不好練成，但他對曹朋印象不差，同時也知道，海西的確是很複雜，曹朋與鄧稷二人能在海西立足，倒也是一樁美事。所以思來想去之後，張遼最終還是答應下來。

郝昭則看不出是高興還是不高興，但總體而言，估計他不會特別痛快……

想來他在張遼麾下做事，將來說不定能成為陷陣營的成員。現在呢，卻被調去了海西這麼一個偏僻之地。恐怕換作是曹朋，心裡面也會感覺有點彆扭。

不過，他可不會放過郝昭。

就如同《天下無賊》裡黎叔說過的那句話：這年頭什麼最重要？人才！

毫無疑問，郝昭就是一個人才。

所有玩過《三國群英傳》的人都知道，三國遊戲最大的樂趣就是收集名將和謀臣。可問題是，曹朋重生的太晚了！建安年間，天下格局基本上已經呈現，許多名臣猛將也都是名花有主。而曹朋的出身，又限制了他肆無忌憚收集牛人的可能……所以，當曹朋遇到那麼多牛人時，很少想過能招攬過來。至於潘璋嘛……那絕對是個意外，純粹屬於被曹朋糊弄過來。

年紀太大的，招攬不來；名氣太響的，招攬不來；出身太好的，招攬不來……

如此一刨除的話，能被曹朋招攬的人，寥寥無幾。

此前曹朋最期盼的一個牛人，便是他那個也不知道是真是假的外甥。

只是，鄧艾剛出生，還沒有滿歲，等他長大成人……我的個老天，連曹朋都不敢確定自己能不能活到那個時候。沒想到，有心栽樹樹不活，無心插柳柳成蔭。來了一趟下邳，居然還真找到了一個小牛。最讓曹朋高興的是，這個小牛的條件，倒是很符合他招攬的要求。

年紀不大，但也不小；名氣全無，出身草根……這等小牛如果放過了，那可是要天打雷劈。

所以，曹朋這一路上就在想，怎麼和郝昭拉近關係？

虎軀一震的事情，曹朋是做不來，那……唉，接著糊弄吧！

當晚，眾人露宿祖水畔。郝昭不等曹朋吩咐，便安排好了警戒。曹朋、典滿三人坐在一處，低聲的交談起來，他們談著此次來下邳的收穫，談論虓虎呂布之威。

不經意間，曹朋發現郝昭在不遠處坐下。

眼珠子一轉，他突然問道：「三哥，若以勇武而言，溫侯確實是天下無雙。這一點，不管你承認不承認，都是一個事實。不過，要說到行軍布陣，文武雙全，溫侯帳下，我首推張文遠。」

郝昭似乎有些好奇。

「張遼嗎？」典滿想了想，「我好像聽人說過，主公曾言，溫侯帳下八健將當中，張文遠可以獨當一面。」

「是啊，可惜生不逢時。」

「此話怎講？」

「文遠將軍生的遲了……如若早生四百年，說不定能建立下霍驃騎般的功業。」

許儀聽聞，頓時不滿：「阿福，你這有些誇張了。張文遠或許真有本事，但是和霍驃騎，恐怕沒法子比吧。」

「怎麼沒法子比？」

「霍驃騎是什麼出身？張遼什麼出身？」

「誒，你不能這麼說。」曹朋擺手道：「你要是以出身論英雄，那衛青大將軍早年還是長公主家裡的騎奴呢。連高祖當初也不過是沛縣亭長，可是他卻能大敗楚地名將項燕之後的西楚霸王。這出身二字，是老天爺賦予咱們……也許不太公平！可能否做出一番事業，那得要看自己。如果按照你的說法，當年高祖見到西楚霸王，不用打了，直接投降就是……」

許儀畢竟出身於大族，門第觀念比典滿要重。不過聽曹朋這麼一說，似乎也不是沒有道理。

「伯道，你說呢？」

「啊？」郝昭沒想到曹朋會突然問他。猶豫一下，他笑道：「末將覺得，公子所言極是。」

「就是嘛！」曹朋呵呵笑道：「想當年陳勝吳廣也不過是兩個泥腿子而已，卻能說出帝王將相寧有種乎的豪言壯語。如今，我等食君之俸，為君分憂，正是建立功業之時。我們現在坐在這個地方，焉知十年、二十年、三十年之後，不能建立霍驃騎那般的功業？我卻是有些不相信。」

他說罷，再次問道：「伯道，你有何志向？」

「志向？」

郝昭一遲疑，曹朋已扭過頭，向許儀和典滿看去。

「我？」典滿想了想，「我這輩子最希望的就是打敗我爹，為主公衝鋒陷陣，建功立業。」

「你呢？」曹朋朝著許儀看去。

許儀想了想，「我嘛，最希望能護佑家族壯大，有朝一日能令許氏成為百年、千年望族。」

兩個人的出身不同，所以兩個人的志向截然不一樣。

典滿，更多是從個人。而許儀，則更多是從家族著眼。

兩人說完之後，向曹朋看去。「阿福，你的志向是什麼？」

「我？」這一下還真把曹朋給問住了。重生以來，他一直想著抱一個大腿，保家人平平安安。再往大一點說，當個衙內，雖不說欺男霸女，但也能招搖過市……只是他那性格，當紈褲實在不合適。很多時候，也就是想想而已，更多是當成一個笑話。

而今，典滿和許儀問他，讓曹朋不知道該如何回答。

坐在篝火旁，火光照映著曹朋的臉，他沉吟不語。

郝昭也好奇的看著曹朋，似乎在等待他的回答。

許久之後，曹朋抬起頭來，微微一笑。

這一笑，卻透著一絲絲莊重，在火光的照映之下，竟顯得有些神聖。

「阿福，怎麼不說話？」

「我有一個夢想……」曹朋忽而起身，大聲喊道：「我願為天地立心，我願為生民立命，我願為往聖繼絕學，我願為萬世開太平！」

「轟隆隆——」夜空中竟傳來了雷聲。好像是在告訴曹朋：你小子裝逼裝得有點過了！

但曹朋猶自不覺，驀地站起身來，大聲道：「明犯我強漢者，雖遠必誅！」

兩百多年前，西漢名將陳湯、甘延壽在上疏中發出一聲吶喊，成就漢人兩千年不斷的脊梁。

「喀嚓——」夜空中劃出一道閃電。似是在警告曹朋：再裝逼，劈死你！

只是這閃電雖然聲勢駭人，卻無法掩飾住曹朋心中那一股沖天的豪氣。

郝昭的臉色變了，露出敬慕之色。而典滿和許儀則默默無聲，看著曹朋，一臉敬重。

不管曹朋是發自內心，還是為了裝逼，但他這一番豪言壯語，著實令典滿和許儀感到羞慚……相比之下，兩人那點志向，簡直是微不足道。

阿福，果然不凡！

「嘩啦啦……」一陣豪雨落下。營地中的人們立刻奔走呼喊，鑽進了營帳。

曹朋用力的呼出一口濁氣，大步離開，只留下三個少年呆坐一旁，對著冬雨恍若未覺一樣。

章四 祖水河畔論英雄

一夜豪雨，待第二天黎明時，終於止住。不過，天並沒有放晴，反而開始下起了小雪。這也是徐州入冬以來，第一場初雪……

大家誰也沒有再去談論昨天晚上的事情，但郝昭的態度明顯發生了變化，有幾分敬重。

一行人披星戴月，冒著紛紛揚揚的初雪，繼續上路。

建安二年十一月，曹操在討伐袁術、凱旋班師後不久，很快又發動了一場戰爭。這一次，他的對手依舊是宛城的張繡。首次征伐宛城的失利，讓曹操如鯁在喉，不吐不快。張繡不除，宛城不定，終究一個心腹之患！

章五

大地震之商屯（上）

不知不覺，已進入辜月。

一場初雪過後，海西氣溫陡降，變得更低。土地被凍得硬邦邦，人走在上面，感覺很硌腳。

曹操在宛城的戰事進展順利，不但迅速攻取了雉縣、舞陰等地，更直逼宛城城下。

原本，宛城還有一道天然的屏障，那就是育水。張繡命人拆毀了橋梁，卻沒有想到曹操竟然在隆冬時節發起攻擊。如此一來，河面已結冰的育水，再也無法抵擋曹操的鐵騎突進……

張繡立刻派人去襄陽劉表處求援。他在堅守宛城的同時，還派出使者，意圖與曹操和談。

但這一次，曹操表現的非常堅決。典韋和許褚分別為先鋒軍，輪番對宛城發動凶猛的攻擊。張繡僅僅抵擋了五天，便不得不棄城突圍，逃至穰城繼續抵禦。

宛城一破，南陽郡門戶，隨之洞開。

南陽郡打得是熱火朝天。海西縣卻顯得不溫不火，好像沒有任何舉措。

鄧稷請來了丹陽人戴乾為法曹，再加上主簿步騭、縣丞濮陽闓、縣尉周倉和夏侯蘭，以及兵曹曹朋，其班底已經初具規模。不過，鄧稷從淮陵回來之後，所有的注意力好像都集中在了海西縣北集市的改造上，對於其他的事情顯得漠不關心，甚至連兵事也不是太在意。

按道理說，鄧稷對兵事不上心，情有可原。

可海西兩個縣尉、一個兵曹，對兵事都不怎麼關注。

一個是帶著五十個巡兵，督促陳升那些莊戶們修繕城牆，同時修築道路；另一個則陪著曹朋，整天忙著清點陳升田莊裡的財貨，似乎對其他事情顯得有些漠不關心。法曹戴乾，則命人修造牢獄，並設立刑堂，閒暇時還會去北集市的曹掾署看看，視察一下治安狀況。

給海西人的感覺，鄧稷這些人，好像有些不務正業。但這樣一來，反而讓海西人放下了心。

眼看著就要過年了，他們最怕的就是官府突然徵發什麼徭役，這要是一個不妥當，很有可能會引發與海賊之間的衝突。好不容易消停下來的海西人，對這種戰事似乎並沒有興趣。

鄧稷等人的不作為，也讓海西人對他多了份認可。

不怕你不作為，就害怕你瞎搞。

哪怕鄧稷剷除了一個陳升，但想要讓海西人完全臣服，鄧稷做的還不夠，還需要繼續努力！

不過，還是有不少人從這平靜中，感受到了一絲絲詭譎。

這太不正常了！無論是鄧稷，還是曹朋，他們此前所展現出來的手段和決心，都不應該會是這麼沉默。越是沉默，就越是說明，鄧稷等人在醞釀大的行動。可這大行動究竟是什麼？一時間無人知曉。

北集市的九大行首紛紛前來拜訪，但所得到的消息全都是：縣令身體有恙，暫時無法見客。抑或者說：公子如今忙於公務，恐怕無暇見你們……如果有什麼事情，可透過曹掾署告之。

而後，就是一個大大的閉門羹。

這鄧稷二人，究竟在搞什麼鬼呢？

於是，九大行首在百般無奈之下，又想到了王成。不管怎麼說，王成也算得上是海西縣一大智囊，而且此前和鄧稷走的好像很近，所以九大行首又聯袂來到王成家，可王成也不在。

據家人說，王成出門了！但具體去什麼地方，卻又無人知曉。

這一下子，九大行首可是真急了……

「阿福，這好端端的，為什麼要來拜訪麥大夫啊？」鄧稷坐在車裡，笑呵呵的問道：「我記得你從前好像對這種事情最是反感，從來不上心。」

「聽說麥大夫這兩日身體有所好轉。上次你去拜訪，卻沒有見到他，聆聽長者教誨。於禮數上而言，還是有些不足。麥大夫是海西首屈一指的縉紳，你又是海西的父母官，經常前去拜訪一下，也是一樁好事，對不對？」

鄧稷搔搔頭，看著曹朋。他突然間笑了，「阿福，你是不是還有別的想法？」

曹朋露出一臉天真，搖頭道：「我能有什麼想法？只不過是對麥大夫有些敬重而已。」

「敬重？」

曹朋用力點點頭，「姐夫你想，麥公當初也算是朝廷大員。回家之後行善積德，遇到海賊來襲，還能奮勇抵抗，這本身就很值得敬佩嘛。你也可以順便向麥公打聽一下海賊的狀況。」

「嗯……說的倒也不錯。」鄧稷挑不出什麼毛病，索性也不再詢問。

對於曹朋之前與濮陽闓所做出的假設，無論是曹朋還是濮陽闓，都沒有和鄧稷討論過……這種事情，在沒有證據之前，最好不要告訴任何人。曹朋仿效金人三緘其口，而濮陽闓更不可能和鄧稷商量這件事情。

至於王買？他每天在北集市忙的是昏天黑地，和鄧範輪流值守，甚至連回衙門的時間都沒有，如何詢問？

「姐夫，虎頭哥差不多也該行冠禮了吧？」

如果按照《周禮》，男子二十行冠禮。

不過在漢代，這個年齡的限制並不是特別嚴格。比如西漢年間的劉向，十二歲就得了表字子政，而行冠禮；又比如館陶公主的面授董偃，十八歲才得了冠禮。漢光武帝時，劉秀巡狩汝南，見周防聰慧，便為他行了冠禮，十六歲便成為郡中官吏。這種例子，多不勝舉。

包括表字，有的是長者賜，有的則是自己取。似曹朋給自己取字『友學』，從禮法上來說並不對，但是卻沒有人責怪他。

鄧稷愣了一下，細思量，王買和鄧範如今都已經開始做事，好像是時候給他們舉行冠禮。行過冠禮，便是成年人了！以後鄧稷也可以交給他們更多的任務。

「這個嘛……我得和洪嬸子與巨業叔商量一下。」

「當然要商量，不過你可以給他們取字啊！」

「這麼著急嗎？」

曹朋連連點頭，「當然急……如今他們也算是獨當一面，若沒個表字，終究被人看不上眼。再者說了，給他們一個表字，他們也會開心一些。你既是他們兄長，又是上官，理應如此嘛。」

「嗯，讓我好好想想。」

鄧稷沉吟許久，輕聲道：「虎頭名買，買有博取之意，就叫他博聲，如何？」

「王買，王博聲？」聽上去似乎是不差，而且也頗有意義。博取聲名，博聲……曹朋連連叫好，「那大熊呢？」

「範為法度，法當從嚴。不如，就喚他嚴法？」

果然是搞刑名的，三句話不離本行。

曹朋突然問道：「姐夫，麥公、麥仁的表字，是什麼？」

回到海西之後，曹朋也打聽了一些人的表字。這些人，大都是有頭有臉的人物，但是卻沒有一個人名叫子衿。根據他的推斷，這個『子衿』在海西縣的地位應該不算太低，可問題是，他又不能明目張膽的詢問誰叫子衿！那豈不是打草驚蛇？

鄧稷笑道：「麥公、麥仁的表字？呵呵，你問這個作甚？」

「好奇嘛。」

「哦，這表字呢，素來與人名相關聯，字是名的解釋。比如麥公名熊，熊乃強壯威風之生靈，故而麥公表字巨威，就是非常威風的意思。而麥仁的表字是子衿……」

鄧稷侃侃而談，但曹朋後面是一句也沒有聽進去。

子衿，麥仁就是子衿！

怪不得、怪不得……

曹朋突然笑了。

怪不得歷任縣令留下來的案牘中，對於私鹽買賣的事情都沒有頭緒。不是他們不願意查，而是無從下手。如果不是自己在下邳偶然間發現了，恐怕也不會懷疑到那個醉鬼吧。

論家世，麥仁是官宦子弟。為什麼會販賣私鹽？一方面是因為利益巨大，另外一方面……

「姐夫，麥公因何致仕？」

鄧稷一怔，壓低聲音說：「麥公致仕的原因很多，但說穿了，還是他沒錢。」

「哦？」

「我曾聽人說過，先帝在世時，買賣官爵。似太中大夫這樣的官職，至少也要百萬錢、千萬錢。麥公好像就是因為沒有繳納這筆錢，所以當了不久的太中大夫後，便被趕回了家。」

沒錢……致仕……麥仁走私鹽……

剎那間，曹朋似乎想通了麥仁參與私鹽販賣的主要原因。

只不過他出身好，家境又不差。販賣私鹽者，大多亡命之徒，所以也不可能把他和私鹽聯繫在一起。再加上麥仁並不是自己出頭，而是暗地裡掌控一個龐大的私鹽網路，於是更加隱秘。

曹朋不由得蹙起了眉頭，一條此前從未出現過的脈絡，在他腦海中漸漸清晰……

「也許，我又錯了？」

「什麼錯了？」

「啊，沒什麼，我只是想到了一些事情。」

「什麼事情？」

「這個……我們回去後再說。」

鄧稷沒有再追問下去，以他對曹朋的瞭解，即便是問了，也不會有任何的用處。

車仗，在麥家田莊門外停下。

麥仁早早的站在田莊門外，一臉燦爛的笑容：「鄧縣令，您怎麼來了？」

「聽聞麥公身體康健，所以我前來探望一下。麥公乃海西耆老，我身為縣令，還未得麥公教誨呢。」

麥仁連忙道：「鄧縣令客氣了。」目光，在不經意間，從曹朋的身上掃過。

曹朋一拱手，「海西兵曹曹朋，見過仁公。」

「曹公子何須客套？久聞公子人中龍鳳，今日一見，果然是一表人才啊。」

說來真有些奇怪，曹朋來到海西也有一個多月了，居然沒有和麥仁見過面。彼此倒是聽說過，只是麥仁很少露頭，唯一一次登門，也是在鄧稷剷除陳升的那天晚上。而那天，曹朋正好在長街負責伏擊陳升，故而麥仁也只是遠遠見過曹朋，並沒有看清楚他的樣貌。

曹朋微微一笑，退到了鄧稷的身後。這種時候，他可不是主客。

「麥公現在可方便見客？」

麥仁忙道：「家父正在後院賞梅，能坐著，但說話有些不太方便，連我聽著都有些吃力。」

「哦，那還請仁公通稟。」

「不用不用，鄧縣令請隨我來。」

曹朋跟在鄧稷的身後，邁步走進了麥家的莊院。

如果單以面積而言，麥家的莊院甚至還比不得陳升田莊的一半大，可是走進去，便可以感受到兩者間的不同。前者是莊嚴肅穆，雖沒有什麼奢華雕飾，卻能夠讓人生出敬畏之意；後者則是富麗堂皇，美輪美奐，但怎麼看都是暴發戶的氣質！

曹朋和鄧稷在麥仁親自帶引下，穿過迴廊，過二進庭院，進後院裡。在一個幽靜的小跨院中，栽種著梅花，只見一座獨立的小閣樓，窗紗低垂。風拂來，紅梅起伏，暗香浮動。

那窗紗被捲起，飄飄然，如同白雲浮遊空中，在一片紅色梅海裡，顯得格外動人。

「麥公，果然別具風雅。」

「是啊，家父從前不好梅花，可這些年也不知怎地，就喜歡這一片紅梅。我還和家父說，紅色太俗豔了些，倒不如種一些名貴花種。可家父不同意，說他只愛紅梅。」

曹朋在一旁，靜靜的聆聽，卻一言不發。待麥仁說完之後，曹朋突然道：「紅梅俗豔，處處可見……但一朝盛開，其景致倒也堪一觀啊。」

麥仁一怔，旋即哈哈大笑，但眼中卻流露出一絲不屑之色，好像對曹朋的這種說法，頗不以為然。

而曹朋說完這句話以後，便再也沒有開口，他和鄧稷邁步穿過花徑，來到閣樓的門廊下停住腳步。

鄧稷朗聲道：「海西令鄧稷，特來拜見麥公。」

閣樓裡，一陣寂靜。

片刻後，從裡面傳來混淪的聲音，但很含糊，反正曹朋是聽不太明白。

麥仁蹙眉，苦澀一笑，上前輕聲道：「家父說，他身體不太舒服，只怕無法接見鄧縣令。」

「原來如此！」鄧稷倒也沒有露出什麼不快之色，笑呵呵道：「鄧稷來的冒昧，打攪了麥公的休息。既然麥公身體不適，那鄧稷改日再來，如何？」

閣樓裡，沒有回答。

麥仁和鄧稷復又出來，一路上連連道歉，鄧稷顯出很大度的樣子，好像無所謂。而曹朋緊跟在鄧稷的身後，忽感一股寒意自脊粱骨竄起來，直衝頭頂，他打了個寒顫，驀地轉身。

花海後，閣樓上窗紗飄蕩，卻又不見人蹤……

「爹，鄧縣令走了！」

送走了鄧稷和曹朋以後，麥仁又回到了小院裡，他登上閣樓門廊，在窗下稟報。一層厚厚的圍簾遮擋在門前，從裡面傳來一陣急促的咳嗽聲，伴隨著重重的喘息。片刻後，圍簾挑起，從裡面走出一個男子，黑黑的皮膚，身形短小。

「老爺，外面風大，太爺請您進屋說話。」

麥仁點點頭，邁步走了進去。可是當他和那男子錯身而過之後，臉上頓時浮現出一抹濃濃的厭惡之色。

那男子，正是麥成。

說實在話，麥仁也不知道麥熊為什麼會信任麥成。

想當初麥成投奔過來的時候，麥仁對他就不怎麼看得上。也不知道是拐了多少道彎兒的親戚，以前從來都沒有聽說過這個人，就這樣突然跑過來。而且麥成長得又有些猥瑣，給人的觀感不算是特別好，言語又粗俗，有時候身上還會不經意的流露匪氣。

好歹也是書香門第，麥仁再怎麼說，也是茂才功名，焉能看得上這麼一個親戚？可偏偏，麥熊看得上，不但讓麥成留在了身邊，還非常關照。

此前，麥成留在縣衙，麥仁就覺得不太合適。鄧稷到任之後，立刻將麥成拿下，麥仁一開始也不想理睬，後來還是麥熊傳話，他才出面。好在，鄧稷挺給他面子。

屋子裡，有一股濃濃的藥味。

火塘子裡面，炭火燒得正旺，使得廳堂裡很暖和。

正中央是一副床榻，後面還豎著一面屏風。屏風上鑲嵌有一面銅鏡，一個老者正躺在榻上。

「父親。」

「鄧縣令走了？」

老者說話很含糊，而且還有一點海西獨特的鼻音夾雜其中，如果不仔細聽，只怕是很難聽清楚他在說什麼。好在麥仁也習慣了，所以並不是特別困難。

「是，已經走了。」

「他來幹什麼？」

「一是拜會父親，想要聆聽父親教誨；二來則是想告訴我，三天後他將在縣衙設宴，請孩兒赴宴。」

「赴宴？」

「是啊，據說還有其他人。」

麥熊咳嗽了一下，挪動略有些臃腫的身子，在床榻上翻了個身。

一張極其醜惡的面孔顯露出來。一臉的皺紋，幾乎遮掩住了他的口鼻眼睛，一道傷疤從額頭一直劃到了耳根子上，更使得他看上去格外猙獰。當年麥熊組織鄉鄰抵禦盜匪，被盜匪所傷，這道疤痕就是在那時候留下來的，時隔許多年，依舊鮮紅。

他一開口，那傷疤就會輕輕蠕動，好像一條蚯蚓般。麥仁不由得低下頭，都已經過去這麼多年，他仍舊不太適應。

「誰！」

「好像說，海西有頭面的人都會受到邀請，包括孩兒在內。」

「嗯。」

「爹，你說我去還是不去？」

「你看著辦……咳咳咳！」麥熊一句話沒說完，就是一陣劇烈的咳嗽，而後吐出一口發黃發濁的濃痰。

麥成連忙上前，攙扶麥熊。「老爺，太爺身子骨不強，恐怕說不得太多話。」

麥仁臉色一變，剛要開口，卻見麥熊朝他有氣無力的揮了揮手，這到了嘴邊的斥責，又硬生生嚥了回去。

這麥成，太無禮！

世家大族有世家大族的規矩。麥家雖然算不得世家豪門，但也算是官宦門第、書香門第，自有他們的規矩擺放在那邊……主家說話，那容得一個小小的旁支插嘴？更何況，麥仁從來沒有把麥成放在眼中，更沒有把他看成是麥家的子弟。

哼了一聲之後，麥仁甩袖離去。

出閣樓，他又停下了腳步，在門外說：「對了，鄧縣令剛才還問了我一件事。」

「咳咳，何事？」

「他問我知不知道魚吻銅鎮的事情。」

門簾後，傳來一聲輕響，好像是銅盂被撞翻的聲音。

「魚吻銅鎮？」

「是啊，鄧縣令說，他在縣衙的書齋裡發現了一個暗格，並且從暗格中發現了魚吻銅鎮……呵呵，他還問我，那魚吻銅鎮是不是和李廣利的寶藏有關。孩兒只能推說不知道……依我看，這鄧縣令的德行似乎也不怎麼好。他上任以來，屢興異舉，所為皆是求財貨耳，這種人留在海西，只怕於海西縣無益。

孩兒想走一趟廣陵，拜訪一下陳元龍……不行的話，就把他趕回去。他終究不是海西人，怎可能為海西著想？」

門簾後鴉雀無聲，過了好一會兒，麥熊那混淪的聲音再次響起。

「我兒既然有了主意，就去做是了。」

「喏！」

麥仁應道：「那三天後的酒宴，孩兒就不去了！」

「嗯……」

得到麥熊的首肯，麥仁似乎鬆了一口氣。

別看他麥家在海西有頭有臉，可是在廣陵郡，也算不得什麼。如果論出身門第，在廣陵郡當首推陳氏；如果論財貨，在廣陵郡當首推盱眙魯家。反正這左右都輪不到麥家……如果在從前，麥熊身體康健的時候，還能說上話，那麼現在麥熊病倒，麥家的話語權也隨之削減。

別看麥仁是茂才，但在廣陵，著實不太顯眼。

如果沒有麥熊的支持，麥仁又怎可能趕走鄧稷？鄧稷不管怎麼說，都是朝廷命官，麥仁還沒有這個信心，能夠說服陳登去頂住朝廷的詔令。但如果是麥熊同意，可行性就相對增加。

趕走了鄧稷……麥仁那圓乎乎的臉上，露出一抹笑意。

這海西縣，到頭來還是我麥家的！

鄧稷準備在縣衙設宴，宴請賓客。

消息很快便傳揚了出去，九大行首那顆懸著的心，一下子放回了肚子裡。

不怕你有動作，就怕你不吭不響。

稍微有點閱歷的人都能感受到，鄧稷最近的平靜似乎是為大動作做準備。究竟是什麼大動作？又會給海西帶來什麼變化？大家都有些忐忑。

因為鄧稷和以前幾任縣令明顯不同，他似乎更能隱忍，更懂得輕重……

之前陳升囂張跋扈，是何等的張狂。所有人都認為鄧稷在海西待不了多久，可沒想到鄧稷忽然在沉默中爆發，不但解決了問題，還將陳升一家滿門滅掉，其手段之毒辣，令人咋舌。

而後北集市整頓，曹掾署成立，其強硬之勢初現崢嶸。那些不願意配合的人，在短短數日間被清剿一空，或是被查出短缺過往稅賦，或是有勾結盜匪之嫌疑，不是被打入大牢，便是被淨身出戶，家產被抄沒了不說，人也被趕出海西縣城。

鄧稷之前所針對的，大都是一些小商家。可誰都清楚，隨著鄧稷在海西的地位漸漸鞏固，他遲早會有別的動作。商賈們的心思很簡單，民不與官鬥！能用錢帛解決的問題，就不是問題。

他們等待著鄧稷出招，可鄧稷偏偏又沒有舉措。這也使得商賈們開始擔心，擔心鄧稷的下一步行動就會針對他們……商賈們也不是沒有想過聯手對抗鄧稷，但陳升前車之鑒猶歷歷在目，若非不得已，他們也著實不想和官府對抗。

現在，他們終於等到了！鄧稷在縣衙設宴，說明這一切，都能商量。

這也是鄧稷第二次在縣衙設宴。

與第一次的門可羅雀相比，這一次的情況，有了明顯的變化。

消息傳出之後，人們就爭相打聽，這次縣衙會請什麼人過去赴宴。九大行首，自無須贅言，海西的一些名流縉紳，也可能會在邀請之列。但其他人呢？一時間，海西的商賈們削尖腦袋想要獲得邀請。雖然還不清楚這次酒宴的目的，不過能夠推斷，必然是有大事件發生。

上一次，鄧稷設宴，一舉摧毀了陳升在海西數年間建立的根基。那麼這一次……

人們，議論紛紛。

時間過得飛快，眨眼間三天過去。

縣衙並沒有去大肆裝飾，和往日一樣，只不過清掃了一下街道而已。大門兩邊各有五根拴馬樁，是專門用來停放車馬所用。天剛一擦黑，大門外就變得熱鬧起來。

第一個到來的人，就是金市行首黃整，字文清。他不僅來了，而且還帶來了貴重的禮物，一套由東漢末年名士蔡邕親手所做的《論語》石碑。

注意，是石碑，而非拓文。

早年間，蔡邕因得罪了十常侍，受到迫害，流亡江北。

蔡邕的才華自無須贅言，德行也不算差，只是書生氣重了些。前半生，他與十常侍相抗爭，得了偌大名聲，只是到了晚年，被董卓所脅迫，不得已出仕。但他出仕的目的，還是為了編撰《東觀漢紀》。董卓雖說粗鄙，可是在對士人倒也看重，給予了蔡邕極高的待遇。所以，董卓死後，蔡邕為他哭喪，卻不想得罪了司徒王允。

書生氣啊……在那麼殘酷的政治鬥爭前提下，你不好好做你的學問，卻跑去為董卓哭喪，豈不是令王允臉上無光？

於是，蔡邕被王允殺害。

縱觀蔡邕一生，其才學無雙，更極為重視教學。

流亡江北的日子裡，蔡邕還專門為當地的一個書院，書寫了《論語》，並雕刻成碑，立於書院內。

黃巾之亂後，那塊名為『論碑』的石碑便不知去向。黃整也不知是從何處聽說到曹朋好《論》的消息，於是費盡心思，託人購買禮物，沒想到卻買來了這麼一塊石碑。

雖然不是什麼金銀財寶，卻足以體現出黃整的心思。

諸如此類的禮物，也有不少。九大行首都是人精，沒一個是省油的燈，送來的禮物千奇百怪，卻件件能透出他們的心意。

至華燈初上，縣衙門前的木椿掛起了燈籠。

客人們也紛紛抵達，這其中，也包括了久不露面的西里教諭王成。

一進門，王成就笑呵呵的與眾人招呼。

黃整打趣道：「王先生，你最近可是神出鬼沒，難找得緊啊。」

「諸公海涵、諸公海涵……成前些日子有些瑣事，以至於一直不在家中。今天凌晨才返回，一回來就聽說鄧縣令設宴。成焉能不至？聽說諸公前些日子找我？未能相見，得罪、得罪啊。」他一臉笑容，周旋於眾人間。

「麥公何故不見？」王成突然問道。

「呃……不知道啊！」木作行首潘勇掃了一眼堂上眾人，也不由得有些奇怪的說：「按道理，麥公也應該來了，怎麼到現在還不見人影？」

正說話間，忽聽後堂傳來呼聲：「鄧縣令到！」緊跟著，鄧稷從後堂夾道快步走出。

「累諸公久等，海涵、海涵。」他笑呵呵擺手道：「既然大家都來了，那酒宴就開始吧。」

「鄧縣令，麥公好像還沒有到。」

「哦？」鄧稷眉毛一挑，眸光閃動，從宴席上掃過，旋即一笑，說道：「既然沒來，那就不用再等了。」

所有人聽聞這句話，心裡面不由得一咯登。

黃整等人相視一眼，眼中都露出了駭然之色……

難道說，鄧縣令和麥仁鬧翻了嗎？應該不會吧！

之前鄧縣令設宴，也只有王成和麥仁前來捧場。聽說前些日子，鄧縣令還去了麥仁家中，當時兩人相談甚歡，怎麼這一眨眼的工夫，就鬧翻了？

麥仁和陳升的情況還不一樣。

陳升，只是個暴發戶，雖然強橫，但根基並不深厚。可麥仁卻是本地的老牌縉紳，在他的背後，代表著本地的利益，如果鄧稷和麥仁鬧翻了，豈不是說……

有道是，宴無好宴。如果鄧稷和麥仁真的翻了臉的話，他們出現在這裡，是不是有些不太合適？幾個本地縉紳的臉色變換不停，似乎有些猶豫。

鄧稷笑道：「來人，上酒。」

「慢！」一個老者驀地起身，拱手道：「鄧縣令今日設宴，宴請我等眾人，實在是我等草民的榮幸。只是……鄧縣令今日請我們過來，究竟是什麼用意？」
「呃，這個嘛……可以先吃酒，咱們邊吃邊說。」
「鄧縣令，您還是把事情先說清楚吧，否則我們這心裡面總是懸著，就算是山珍海味，也吃不下。」一個老牌的本地縉紳，展現出了極為強硬的姿態。
麥仁的缺席，似乎給這酒宴一下子帶來了不同尋常的味道……
鄧稷面色如常，依舊帶著淡淡的笑容。他放下手中的酒觴，看著那老者，對他那種強硬的態度似乎並不在意，反而輕輕點點頭。
「既然如此，那就先說正事。」
花廳裡的氣氛，格外緊張。從剛才的歡聲笑語，到此刻的劍拔弩張，沒有任何寰轉。在座的很多人，頓時有一種窒息的感受。
這才是海西縣的力量嗎？
鄧稷已經不是當初那個剛來海西，一無所知的年輕人。別看只有一個月，卻經歷了許多事情，心智也逐漸的成熟起來。
就因為一個麥仁沒有來，便產生了這麼多的變數？

這些本土勢力盤根錯節，在海西縣編織成一張巨大的網，平時這張網悄無聲息，並不惹人注目，可一旦發生事情，他們甚至不需要商議，在一瞬間便達成了一致。怪不得阿福說，想要控制海西，麥仁將是一個關鍵。

如果說，之前鄧稷對此還不在意的話，那麼現在，他不得不謹慎起來。

本朝以縉紳豪族起家，劉秀當年反王莽，靠的就是南陽郡的本土縉紳和世家大族。所以，也造成了本朝以來，縉紳豪族勢力強橫的尷尬局面。一些地方的豪族，已隱隱能對抗官府。

海西縣的情況尤為顯著。期間三年縣令更迭，名存實亡，使得官府的力量被削弱到了極致。

鄧稷一開始，並沒有去觸動這些人，其實是一個非常正確的選擇。但隨著他在海西的時間日久，官府和縉紳之間的衝突也勢必會越發激烈，這已經不可避免，只是鄧稷沒想到，會來的這麼突然。一個麥仁，僅僅是因為沒有出席酒宴，便引發了本地縉紳們的強烈反應。

看起來，是應該掰掰腕子了！

鄧稷的手指，沿著銅爵的邊沿滑動，心裡面非但沒有緊張，反而隱隱有一絲興奮。曾幾何時，這不正是他所期盼的事情嗎？

「今日請諸公前來，其實就是為了商量一件事。」

鄧稷說起話來，慢條斯理，聲音也不大，卻透著一股強硬和冷肅，那雙猶如鷹隼般銳利的眸光，從在座的每一個人身上掃過。

黃整、潘勇等人不由得嚥了口唾沫，心一下子提了起來，他們見識過曹朋的強硬，但是還沒有領教過鄧稷的強硬。

還真是……不是一家人，不進一家門。

這兩個人，幾乎是一個模子刻出來的。說起話來不緊不慢，但是卻給人一種可怕的窒息感。

「本官上任以來，已有半月辰光。在過去半月中，本官一直未與諸公把酒言歡。一來呢，事情繁忙；二來則是因為有諸多不方便。今日請諸公來，除了敘一敘本土情之外，另外一件事，就是說一說本官對海西的看法。簡而言之，本官對海西的現狀，極為不滿。常聽人說起，海西有三害。哪三害？海賊，鹽梟，商蠹子……」

海西三害的說法，大家都很清楚。但卻從沒有一個人，能像鄧稷這樣毫不掩飾的說出來。特別是在座的商人，臉色都很難看。

這，不是在打臉嗎？

本地縉紳暗自出了一個口氣。而幾個耆老相視一眼，甚至看出了彼此眼中的喜色。

這年輕人，就是辦事不牢靠。好不容易拉攏了一批商人，有了那麼一點根基，便得意忘形了！

怪不得麥公沒有過來，想必是看不慣這年輕人的張狂。

哼哼，你以為海西，這麼好治理嗎？若這般輕易便能治理，也輪不到你一個毛孩子……

「其實本官倒是覺得這三害有失偏頗。」

鄧稷毫不理會在座眾人的臉色，慢吞吞道：「特別是商賈，我倒是覺得算不上什麼『害』。相反，這些人行走南北，互通有無，給海西帶來了巨大的便利。本官曾做過一個調查，海西一共三萬七千餘人，其中靠著商賈生活的，就有近萬人……幾乎占了海西縣的三成。不可否認，的確是有一些奸商存在，這些人擾亂市集，哄抬市價，橫行霸道，為非作歹，令百姓們恨之入骨。但大多數人，都是在本分經商。」

黃整等人的臉色一緩，同時心裡，有一種莫名的興奮。

商人歷來地位不高，即便是做出再大的努力，結果也未必被人承認。比如當年馬邑之謀的主使者聶壹，也就是張遼的祖上，不可謂不是一個仁義大賈。然則所得到的結果又如何？到頭來馬邑之謀失敗，聶壹的後人不得不改頭換面，變成了如今的張氏。

這不得不說，是那些為國盡忠大賈的悲哀。

聽鄧稷的口氣，他好像很贊成商人們的地位？

黃整等人的臉色頓時開朗起來，側耳聆聽鄧稷的言語。而那些本土縉紳，卻蹙起眉頭。

「但是，海西想要長治久安，單靠商人也不是長久之計。過往數年間，海西人口流失嚴重，同時又有大批流民湧入海西，如此造成許多田地荒蕪，半數以上的人不從事農耕。此等行為，於海西沒有任何益處。我們的糧食、布帛，包括金鐵，還有各種民生物資，都是從外面購入，這樣一來，也就造成了海西對外的依賴性。一個連糧米都無法自行供應的地方，又怎能讓百姓安居？又如何能使得海西長治久安呢？」

黃整眼珠子一轉，忙起身道：「還請鄧縣令指點。」

鄧稷笑了笑，擺手示意黃整坐下。

「黃掌櫃莫要著急，馬上就要說到了。」

他看了一眼在座的縉紳耆老，抿了一口酒，潤了潤嗓子。

「許都本是穎川小縣，過去二十年裡，歷經戰火，比之海西不遑多讓。然則自曹司空迎奉天子，遷都於許縣之後，許都便迅速恢復了生氣。一方面，固然是天子恩澤；另一方面，與曹司空大力推行屯田有關。所以，本官思忖良久，決意仿效曹司空，在海西進行屯田。」

「什麼？屯田？」

耆老們頓時叫喊起來，花廳中好像炸了鍋一樣，亂成一團。

章六　大地震之商屯（下）

王成坐在一旁，始終一言不發。他的眼睛不斷掃視花廳，卻沒有看到他想要看到的事物……

「不行，海西絕不可以屯田，也無田地可屯。」一個老者站起來，激動的大聲叫嚷：「自古以來，屯田多為邊戎之地，哪有在海邊屯田的道理？」

「是啊，鄧縣令三思。」

「我堅決反對，沒有田地，也沒有人，如何屯田？」

屯田，有兩個極為重要的指標，一個是田地，一個是人口。其中，一旦屯田，勢必出現將土地國有化的狀況，人口清查，則更勢在必行。而這兩樣，恰恰又是本土縉紳立足的關鍵。

失去了土地，就等於失去了根基，同時更會造成莊戶的流失。沒有了莊戶，他們也就沒有了盤剝的對象，沒有了盤剝的對象，勢必會造成他們的實力削減。長此以往，縉紳將難以立足。

世家豪門與縉紳則不大相同。世家豪門大多有家學傳承，除了土地之外，還有各種行業支持。世家豪門就是一個以血脈為關聯的大家族，其內部的結構與各項產業的平衡，非是一些小地主們可以比擬。即便是失去了土地，他們還可以透過家族的子弟進行挽救、進行補償。

可縉紳們……

一名老者更是放聲大哭，「屯田，乃動搖國之根本的行為，若推廣起來勢必會有大變故。」

「是啊，還請鄧縣令三思。」

鄧稷冷漠的看著那些耆老們的表演，嘴角微微一翹。「屯田，勢在必行，無須商榷。」

「如若鄧縣令決意強行屯田，恕老朽不能苟同，告辭了！」

「告辭！」

接二連三有耆老起身告辭，但是卻沒有立刻離開。在他們看來，只要他們把這種強橫的姿態表露出來，鄧稷就得低頭。

但是他們卻忽視了一樁事情！

鄧稷開場就說，海西縣沒有足以依持的資本，完全是依賴外界的供應。這也是一個非常尷尬的事實，海西縣從事農耕的人稀少，以至於這些縉紳對海西的控制力，甚至遠不如大商大賈。

這也是當初陳升能夠崛起的一個重要因素。

鄧稷穩如泰山，一言不發。幾個耆老走也不是，留也不是，一時間竟進退兩難。

黃整等九大行首相視一眼，不著痕跡的交換了意見之後，也有了一個決斷。

「敢問鄧縣令，如何屯田？」

「從即日起，將由本縣主簿步騭、本縣法曹戴乾兩人聯手，對海西縣土地、人口進行清查丈量，所清查出來的閒置土地，將收為官有。同時，本縣將會以高價回收土地，一併官有。凡海西縣人，必須登記造冊，此時將會有縣城濮陽闓主持，各里里長、三老務必盡力配合。所清查出來的人口，在登記造冊之後，盡數充入屯民……若有人從中阻撓，自有律法在此。」

鄧稷說得是斬釘截鐵，毫無半點商量的餘地。

「胡鬧！」一名耆老勃然大怒，「一個小小縣令，竟然如此張狂。老夫倒要看看，哪個敢動我田地！」說完，他甩袖就走。

有了第一個人帶頭，自然就會有第二個、第三個。

一時間，接連走掉六個人，使得花廳的氣氛變得更加緊張。

「鄧縣令。」王成這時候站起身來，笑呵呵道：「鄧縣令所為，的確是為海西著想。只是……呵呵，鄧縣令也許考慮一下我們這些人的想法。至於這屯田屯民，只要麥公同意，我自然沒有意見……我還有點事，就先告辭了。」王成說著，就要往外走。

鄧稷笑了，「王先生是要去接迎同伴嗎？」

王成身子一震，轉身看著鄧稷，「鄧縣令，此話怎講？」

「呵呵，我還有一樁禮物為王先生準備，先生就這麼走了，豈不是可惜？」

「鄧縣令，你……」

「來人，把禮物拿上來。」

黃整等人的臉色有點不正常了，隱隱約約的感到，今天這件事情並沒有想像的那麼簡單。

屯田，屯民？幾個人相視一眼之後，索性閉上了嘴巴。

從花廳外，走進來一個少年。他身材高大，體格魁梧壯碩，濃眉大眼，身穿一件灰色布衣，手裡捧著一個托盤。他走進花廳後，把托盤擺放在鄧稷面前的食案上，而後自動退到了一旁。

鄧稷看著王成，微微一笑。他伸出手，抓起覆蓋在托盤上的錦綢，往下一拉。

王成激靈靈打了個寒顫，牙縫裡倒吸一口涼氣……

「王先生不是一直在找這魚吻銅鎮嗎？如今看到了，不知是否歡喜呢？」

那托盤上，一枚魚形銅鎮，在燭光照映下，閃動著青幽的光。

王成嚥了口唾沫，下意識握緊拳頭。

「呵呵，若非這魚吻銅鎮，只怕王先生也不會回來吧？」

「鄧縣令，我不明白你的意思。」

「王先生，你怎可能不明白？」

「你……」王成眼皮子跳動不停，心臟好像要從嘴巴裡跳出來一樣，額頭更冒出了一層細密的汗珠……

「鄧縣令，這究竟是怎麼回事？」黃整等人都懵了，完全弄不清楚眼前的狀況。

「啪！」鄧稷抓起銅爵，用力摔在了地上，大聲道：「薛州！」

王成的臉色頓時變了……

只見他，一反早先那笑咪咪的模樣，猛然間踏步騰空而起，雙手張開，呈虎爪的形狀，口中發出一聲厲吼，撲向了鄧稷。

王先生居然會武藝？而且看他出手，似乎還不太弱呢……

黃整等人的腦海中，驟然間一片空白。因為在他們的眼裡，王成雖然粗壯一些，也僅止於此，只能說是一個健壯的教書先生罷了。可是，他竟然在大庭廣眾之下，對縣令出手！

王成的臉上露出猙獰的笑容，指尖更閃動著一抹冷幽青芒。那不是一雙普通的手，卻是一對用青銅打造而成的拳套！怪不得王成今天一直沒有喝酒，甚至連手都沒有伸出。

章六 大地震之商屯（下）

「狗官，死來！」

眼見著王成撲到了食案前，雙手朝著鄧稷的頭頂抓去。這一下，要是給抓實了，鄧稷至少也是個半死。黃整等人「啊」的一聲驚呼……

就在這時候，一聲低吼響起：「狗賊，恁猖狂了！」

「鏘！」一聲龍吟。

站在鄧稷身後的少年，突然間出手。只見他一哈腰，猛然探手從食案下抽出一柄短刀。

那刀長約有三尺，是一把名副其實的短刀，但藏在食案下，卻無人能夠發現。只見一道寒光破空，喀嚓一聲輕響，兩蓬血霧噴出，一對斷掌「啪」的掉在了食案上，鮮血淋淋，怵目驚心。

那對斷掌上，還覆著一對青銅拳套。

王成驚恐的瞪大了眼睛，看著光禿禿的手腕，鮮血泉湧。

「啊！」王成一聲慘叫，不等他回過神來，鄧稷身後的少年縱身越過食案，抬腳蓬的正踹在了王成的胸口。王成登登登連退數步，撲通坐在地上，鮮血奪口噴出……

一連串的變故，使得眾人不敢吭聲，花廳裡顯得很安靜。

王成的慘叫聲仍迴盪不息，但是在眾人的耳朵裡，卻好像變了味道一樣，有一種窒息感。

沒錯，就是窒息！

黃鏊、潘勇等人默默的坐在原處，甚至不敢動彈一下。

站在鄧稷身後的少年，把短刀攏在袖子裡，恍若無事一樣退回原處。

難道今天夜裡……又將充滿血腥嗎？

想當初，鄧稷剷除陳升的時候，和今天頗有相似之處。如果說有區別，也就是上一次鄧稷設宴，賓客寥寥無幾，而今天……雖然走了幾個人，可這花廳中，仍舊高朋滿座。同樣是無聲無息，同樣是沒有半點跡象。陳升或者說惡貫滿盈，但王成呢？究竟又是為了什麼事？

對了，鄧稷剛才喊了一聲『薛州』。

薛州是什麼人，黃鏊這些人又怎可能不清楚。難道說……

黃鏊等人倒吸一口涼氣，看著王成的眼光，一下子變了。

兩名銳士走進花廳，上前把王成按住，用繩索捆綁起來，不過，在捆綁的同時，又給他止了血。王成那張圓乎乎的臉，此時變得蒼白如紙。臉上的汗珠子，順著胖乎乎的臉頰流淌著，他盯著鄧稷，那雙眸子裡閃爍著仇恨光亮；嘴唇緊抿著，那樣子恨不得把鄧稷生吞活剝。

鄧稷拿起一塊濕巾，擦去臉上的血跡。

「王成，王明偉？薛州，薛子洋……說實話，我得到這個消息的時候，還有些不太相信。沒想到……我應該怎麼稱呼你才好？」

「狗官，你別張狂！」王成突然大叫一聲，「識相的，你就乖乖放我走，否則我要你死無葬身之地。」

「是嗎？」鄧稷笑了。

「我實話告訴你，我已經下令，命我弟兄出動，今晚就會抵達。再過一會兒，我看你還能否張狂……」

黃整等人聽聞臉色一變，而鄧稷卻好像沒聽到一樣，依舊是一副風輕雲淡的模樣。他站起來，拿起那枚魚吻銅鎮，慢慢走到王成跟前。王成呼的掙扎一下，想要衝上來，但是被兩名銳士死死的按住。鄧稷只是看著王成，一句話也不說，那目光，讓王成心裡發顫。

「還以為你是個人物，也不過酒囊飯袋之輩。」鄧稷冷笑一聲，對食案後的少年說：「伯道，府衙裡無須留人，你帶人去友學那邊，聽他調遣。」

「喏！」郝昭插手應命，大步離去。

胡班則旋即進來，身後還帶著十幾個家奴。

「我既然敢對你動手，若沒有把握，又怎可能打草驚蛇？」鄧稷笑道：「薛州，你不是一直叫囂著要我打海賊嗎？現在，你可以滿足了！只不過不是我去打，而是你們自己送上門。」

「你……」

「伊蘆鄉，對不對？」

從鄧稷口中，吐出了一個地名。黃整等人倒是知道，伊蘆鄉是東海郡的一個地名，就位於朐縣旁邊。那裡曾經出過一個了不得的大人物，便是西楚霸王項羽帳下五大將之一的鍾離昧。

鄧稷一說出這個地名，王成臉色大變，他駭然看著鄧稷，眸光中隱隱閃爍著恐懼。不過，王成並沒有再開口，而是扭過頭。

「蠢貨，難道沒有發現，今天這縣衙裡，只有我一個人？」

王成一震，向鄧稷又看過來。

鄧稷道：「想必這時候，你在伊蘆鄉的人，已經伏法。對了，還記得我和你介紹過，友學那兩個結拜兄弟嗎？一個是當朝虎賁中郎將典韋之子，另一個則是武猛校尉許褚之子，他們在三天前，已帶人前往厚丘……厚丘的衛彌，與典中郎有同鄉之誼，想來借兵並不難。」

「你怎麼知道……」

「呵呵，自然是你那乖兒子告之。」

黃整等人糊塗了！誰都知道，王成並沒有子嗣。

呃，其實他是薛州。薛州有沒有子嗣，沒有人知曉。但有一點，薛州的兒子，不該是海賊嗎？

鄧稷笑了笑，起身返回原位，「好了，咱們就在這裡等著，看看到底是什麼結果。不過，趁著這機會，咱們再商量一些事情。剛才我們說到了屯田……諸公，不知你們怎麼看？」

黃整等人閉口不言。他們也有田產、也有莊客，如果他們同意的話，勢必失去了根本；可他們如果不同意……

黃整猛然想起了一件事情。今晚有海賊來襲，那剛才那些離去的縉紳耆老……鄧稷早有準備，卻沒有告訴任何人。難道說，他是想要藉這個機會……若真是如此，鄧稷在海西，恐怕是再也無人敢違背了……

「鄧縣令。」

「黃行首請說。」

「小民雖非海西人，可也算是海西的一分子。小民家中，尚有田地六千畝，其中良田約兩千七百餘畝，只是少人耕種，以至於荒廢許多。小民願出讓這六千畝田地，但不知剛才鄧縣令所言的高價，究竟幾何？小民願配合縣令。」

「哈哈哈，怪不得友學時常在本縣跟前誇獎你，你果然是個聰明人。」鄧稷哈哈大笑，「黃行首放心就是，本縣絕不會讓你吃虧。不禁不讓你吃虧，還會有一樁天大好處與你。」

「好處？」黃整一臉的迷茫。好處，會是什麼好處？難不成，官府還會以兩倍、三倍的價錢，收回土地？

不僅是黃整沒弄明白，其他人也同樣不太清楚……

只見鄧稷笑了笑，起身喊道：「胡班。」

胡班立刻捧著一個匣子走過來，放在鄧稷面前，鄧稷示意他把匣子遞給黃整。而黃整則暈暈乎乎，有些不太明白鄧稷這舉動究竟是什麼意思。

「黃行首，打開看看就知道了。」

黃整疑惑的接過匣子，在桌子上放好，輕輕打開。

一旁眾人紛紛走上前來，往裡面一看，只見到一張精緻的左伯紙，最右端寫著兩個大字：鹽引。

黃整頓時懵了！

夜色漸濃，海西城外的平原上，一派漆黑。

箭樓上的燈火，在寒風中搖曳，忽明忽暗的，顯得有氣無力，死氣沉沉。

幾十個黑衣人正沿著長街急行，很快便來到海西縣的北城門下。為首一人，一襲黑衣，身穿黑色皮甲，足下蹬著一雙黑色文履，突然停住了腳步。他朝著左右看了看，而後向身後人點了點頭，伸出手向前一指，黑衣人立刻蜂擁而上，迅速衝到城門下，占領了門樓。

「小帥，沒有人！」

「小帥，箭樓上也沒有人啊……」

黑衣人聽聞一怔，旋即激靈靈一個寒顫，低吼道：「不好，中計了，撤！」

撤？

一群黑衣人剛準備掉頭逃走，卻見黑漆長街突然間燈火通明。城門樓上，一個少年站出來，手扶城垛向下看。

「麥成，既然已經來了，又何必急著走呢？」

說話間，從長街兩邊的箱子裡，呼啦啦湧出一群軍卒。不過他們是武卒裝扮，清一色黑衣打扮，衝過來一下子包圍了黑衣人。

為首兩個，正是王買和鄧範。兩人手中各執兵器，將黑衣人團團包圍。

「你們……」

「麥成，還要繼續裝嗎？」

站在城頭上的少年正是曹朋。他手執一柄五尺漢刀，凝視著城樓下的黑衣人，笑呵呵問道。

那為首的黑衣人，猛然將臉上的黑巾扯下，火光照映他的面龐，赫然就是曹朋所說的麥成。

「兄弟們，突圍！」

「留幾個活口，餘者敢抵抗者，格殺勿論。」曹朋在城頭上，厲聲喝道。

「可是……」

「濮陽先生你只管放心，我不是那種莽撞之人。海賊人數雖多，也不過烏合之眾。他們不來便罷，既然來了，我就不會輕易放過他們……」

曹朋言語中，透著極為強大的自信。濮陽闓雖然還有些擔心，卻也不好再說什麼。

數日前，曹朋就已經得到了情報，海西海賊將要洗劫海西縣。至於為什麼會來？曹朋心裡大致能猜出一個端倪。只不過，王成在這個時候卻突然間失蹤，讓曹朋多多少少感到憂慮。

王成不除，始終是一大禍害。

曹朋也不敢肯定王成究竟去了何處，於是便設下一計，透過麥仁之口，將魚吻銅鎮的消息傳出。他也不敢肯定，王成一定會出現，只不過是依照著自己早先的那個假設，進行安排。

可沒有想到，王成居然真的出現了……這樣一來，更使得曹朋確定了之前的假設。

麥成等人非常凶悍，看得出也都是身經百戰的悍匪，只不過他們這次遇到的，是更加凶悍的執法隊。經過王買和鄧範這一段時間的調整之後，海西縣的執法隊已具備足夠戰力。況且人多，還有王買和鄧範兩人在，麥成等人雖然凶悍，但很快便抵擋不住。

王買纏住了麥成，令他無暇顧及身邊眾人，掌中鐵脊蛇矛呼呼作響，殺得麥成狼狽不堪。

耳邊不斷迴響淒厲的慘叫聲，麥成有點急了，眼看著自己的人一個個倒在血泊裡，可偏偏又騰不出手來。

就在這時，忽聽鄧範一聲喊喝：「麥成，看招！」

他閃身躲過王買的一槍，扭頭看去，就見一點黑影呼嘯著飛來，麥成嚇了一跳，連忙縮頭閃躲，只聽鐺的一聲響，一枚嬰兒拳頭大小的銅球砸在地上，火星飛濺。

不等麥成回過神，王買上前一腳，把他踹翻在地。麥成懶驢打滾，還想要站起來，王買飛身趕到，一槍戳在他的大腿上，鐵脊長矛透腿而入，疼得麥成慘叫連連。偏王買又是個心狠手辣的人，一槍戳透了他的大腿之後，雙膀用力，猛然向上一提。麥成呼的頭朝下，便被掛在了槍上。

那劇烈的痛楚，真難以忍受。

麥成也算是一條硬漢，可惜在這等劇烈的疼痛下，也禁不住慘叫連連。

「虎頭哥，問清楚，那些海賊何時抵達。」

王買答應一聲，一抖鐵脊蛇矛，厲聲喝道：「聽到了沒有！」

麥成被王買這一抖，疼得差點昏過去。「住、住手……你問什麼我答什麼，只要我知道。」

「那你就說清楚，如何與海賊聯繫。」

「你先放我下來……」麥成的臉色蠟黃，再也硬不起來了。

「你別廢話。」王買說著，又是一抖蛇矛。

「我說、我說……我們和管帥已約定清楚，子時……子時我們會在城頭點燃烽火，然後他們就會出動……到時候我們只需要打開城門，迎他們進來便是……大哥，你快點放我下來，我要死了……」

王買抬起頭，向曹朋看去。

曹朋手微微往下一壓，抬頭看了看天色。

「濮陽先生，我要的東西，準備好了？」

「都已經準備妥當。」

曹朋臉上，不由得笑了。「虎頭哥，速戰速決，休得再耽擱。」

王買答應一聲，抖長矛將麥成扔了出去，旋即舞槍衝入黑衣人當中。

王買和鄧範基本上已比肩於二流武將，一干黑衣人又怎是對手？只一會兒工夫，一群黑衣人便東倒西歪的倒在血泊中。執法隊上去將黑衣人拖走，迅速清空門樓下的長街，而後隨著王買和鄧範沒入黑暗的小巷中。

「濮陽先生，差不多了。」

濮陽闓嗯了一聲，舉目朝著縣衙方向看去。「友學，咱們這是在玩火啊。」

「怎麼說？」

「鹽鐵，國之根本。私設鹽市，到頭來……」

曹朋輕聲道：「其實，海西這鹽路早就存在。咱們就算不開，也沒辦法阻止。將鹽路控制在咱們的手裡，總好過被別人掌控……更何況，咱們控制鹽路，也是為了屯田。說起來，只有好處，沒有壞處，我們只不過是各取所需罷了。」

「道理我明白，只是這心裡……」

「先生，大丈夫做事，不拘泥於細節。我小時候曾聽家鄉有一句老話：為崇高的目標，而不擇手段。我們現在所做，不就是還海西一片淨土嗎？」

濮陽闓沉默不語，許久後輕輕點頭。

「諸公手中皆有大批良田，然則卻無人耕種，有的甚至荒廢。」

鄧稷端坐在花廳內，侃侃而談，「而本縣則需要田地進行耕種，並且需要大量屯民參與其中。諸公手中有的，恰恰是本縣所缺，而本縣手中有的，也正是諸公所缺乏的東西。所以，我有一個建議。諸公可以仿效許都，將土地租借與官府，而後由本縣派人進行耕種……不過呢，本縣一時間也無法給你們足夠的錢帛，想來諸公也知道，如今劣幣充斥，就算我給了你們錢帛，也未必能派上用場。所以，本縣集思廣益，想出了一個兩全齊美的辦法。」
黃整等人聚精會神，聽著鄧稷的解釋。
那份『鹽引』究竟是什麼用途？他們一時間也弄不太清楚。
鄧稷抿了一口酒，依舊是顯得不緊不慢：「人是你們的人，田是你們的田，不過由官府統一管理，丈量土地，登記名冊……而作為回報，本官准許你們在海西境內進行鹽的交易。黃行首手裡的這張鹽引，一式兩份，一份由官府保存，一份由你們掌握。」
「諸公行商天下，應該知道這鹽業的利潤。本朝自元狩年間開始，便禁止私鹽販賣，統一由官府進行收購、販賣。現在，本官給你們一個機會，准你們在海西縣治下公開進行鹽的交易……無須繳納賦稅，你們能得到多少鹽，只看你們能交出多少糧……以糧換鹽，諸公以為如何？」
黃整等人聞之驚喜！而留下來的那些本地縉紳，也有些意動。
「當然了，你們也可以直接將土地賣給官府，本縣願以高出市價兩成的價錢購買，絕不讓諸公吃虧。只不過這人口，依舊需要登記造冊。」鄧稷說完這番話，便不再贅言。
「小民還第一種……不過小民還有個疑問，這貨源……」
「貨源大家不用擔心，來年後，本縣已經選好了地方，煮海製鹽。」
「海西，要煮海嗎？」人們不由得一陣驚喜。

要知道，漢武帝元狩四年以後，大漢治下一共只有二十八郡、三十六個縣設有鹽場，並且由官府專賣。本來，這鹽的交易，早在春秋戰國時便有，而且是由齊國名相管仲所始創出來。只是當年漢武帝為打擊匈奴、增加國庫，於是將鹽業壟斷到了官府的手裡。從製鹽到販賣，由官府統一收購，並且專門販賣。

黃整等人自然知道這販鹽的利潤巨大，只可惜一直苦於沒有門路，無法涉足其中。但如果鄧稷在海西開放鹽市，無疑給他們指明了一條生財之道。雖然說此前兩淮鹽業盡被麋家控制，可如今情況已有了變化，只要鄧稷能開放鹽市，黃整這些人足以給麋家沉重打擊。

麋家為什麼能販賣私鹽？還不是因為他們實力雄厚，有官府支持！

現在，鄧稷願意為他們撐腰，並且開放鹽市，使私鹽合法化。黃整等人焉能不為之心動？而且他們無須花費太多，只需要把土地租借出去並安排人員進行耕種，只待豐收時便可換取鹽引。

土地，本來就是要耕種。

人……更簡單，這天底下流民眾多，害怕招不來人？

只要能獲得鄧稷所說的鹽引，就可以正式涉足鹽業販賣的行當，這可是比種地更一本萬利。

「小民願意為大人效勞。」黃整再次表達了決心。

「屯田利國，小民亦同意鄧縣令之舉措。」潘勇也起身，與黃整站在一起。

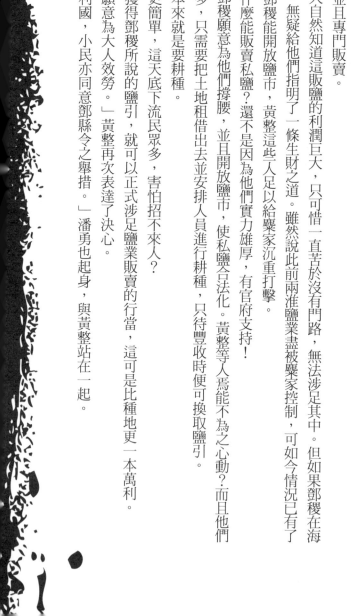

不過，他二人雖然站出來表示支持，並不代表其他人也會同意。這裡面不僅僅是一個利益的問題，更重要的是還牽扯到海西的治安。

王成沙啞著嗓子：「狗官，你莫要得意，先熬過今晚，再說不遲。」

鄧稷搖搖頭，嘆了口氣，「薛子洋，你還真是不見棺材不落淚。既然如此，本縣就請諸公移駕，看一齣好戲吧。」

「什麼叫，好戲？」

「這個……可以請教王先生。」

鄧稷笑呵呵的看著王成，而王成的臉色，頓時變了！

海西城樓上，突然燃起了烽火。時近子夜，這烽火也就顯得格外突兀。黑漆漆的平原上，突然間影影幢幢出現了許多如同鬼魅般的身影。這些人人數眾多，鬼鬼祟祟朝著海西城門靠攏過來。與此同時，海西的城門陡然間洞開，讓出了一條寬敞的通道。

一個黑衣人站在城門後，招手大聲道：「管帥，速隨我來。」

為首的海賊，年近四旬，生得魁梧粗壯。他見黑衣人招手，於是點了點頭，從馬背上拔出一口九尺大刀，向前一指，「孩兒們，點起火把，給我衝！」

「衝啊！」

火把點燃，眨眼間就連成一片火海。一個個身穿黑衣，外罩皮甲，黃巾抹額，手持兵器的海賊，舉著火把叫囂著，向海西城門衝去。

為首的賊人，並沒有立刻行動，而是暗中觀察動靜。

海賊們衝進城門後，卻見城門內靜悄悄，鴉雀無聲。剛才那開門的黑衣人正在城門洞口朝他們招手，而後轉身就走。

「兄弟們，衝！」見此情況，海賊們哪裡還能忍耐得住。

說一句心裡話，當海賊也不容易。平時孤居島上，輕易不會出動。以前還好一點，諸侯混戰，根本無人去顧及他們，但隨著曹操統一黃河以南的青州、兗州之後，觸角也逐漸向徐州蔓延，相繼奪取了琅琊、東海兩郡之後，海賊們的活動空間也一下子被壓縮到了極致。

除了廣陵郡，他們很難再大規模的行動。

東海郡沿海人口稀少，富戶不多，算起來，也就是廣陵郡最為富庶。饒是如此，海賊們對廣陵郡的襲擾也必須有所節制。太過於頻繁，勢必會引發當地世族的聯手攻擊，那樣一來，他們可就得不償失。

當海賊是一門學問，不是能打能殺便可以成功。

此次海賊出擊，距離上一次出動，差不多相隔四、五個月之多。海島上的存糧也不多了，正好可以透過這一次，解決一下民生問題。

畢竟，郁洲山不僅僅是幾千個海賊，這些從青州逃出來的黃巾軍餘部，大都是拖家帶口。他們盤踞在海外郁洲山，人口多達三萬，這麼龐大的人口基數，海賊們生活也艱難……

所以，一旦有行動，這些海賊就會顯得特別興奮。

城外的首領見海賊們衝進了城裡，卻沒有任何反抗，總算是放下心來。

「大帥果然高明，似這種不費吹灰之力的行動，以後最好能多來幾次，弟兄們也能快活一些。」說罷，他大刀在空中一揮，大聲喝道：「隨我衝鋒！」

剎那間，城外的海賊齊聲吶喊，頭上的黃色抹額在黑夜中格外醒目，如同蝗蟲般衝向海西。

城內，依舊沒有動靜。

當那位首領衝過門洞之後，突然勒住戰馬。

「管帥，怎麼不走了？」一旁的海賊疑惑的問道。

「好像有點不對勁……」

「哪裡不對勁了？」

「我說不上來，就是感覺著，有點不太對勁！」說著，首領就想要下令海賊緩緩推進。

可就在這時候，城頭上突然間傳來一陣隆隆的戰鼓聲，緊跟著從長街兩旁的房檐屋頂上，出現了許多人。隨著戰鼓聲，他們並沒有開弓放箭，而是抓起身邊的袋子，打開來之後，嘩啦向長街的道路上傾灑豆粒。不僅僅是長街的兩邊，還有城門樓上，數十名軍士站出來，將一袋袋豆粒傾落下來，頓時灑滿一地，處處可見。

溜圓堅硬的豆粒，在地上滾動。正在發動衝鋒的海賊還沒弄清楚是怎麼回事，撲通撲通一個個就摔倒在地上。

首領大叫一聲不好：「上當了！」

他撥馬想走，可這城門樓下同樣是滿地的豆粒，戰馬希聿聿一聲長嘶，直接就滑倒在地上。這可不是普通的滑倒，戰馬踩在豆粒上摔倒後，脛骨曲折，再也無法站立起來。

而站在城門外的海賊，看到眼前這人仰馬翻的一幕，不禁懵了。

「有埋伏……」城外的海賊們大叫一聲，扭頭就想逃走。忽然間，又停下腳步。

原來，在他們的身後，不知何時出現了一隊人馬。黑盔黑甲，清一色大刀圓盾，半蹲著，圓盾豎在地上，形成了一面極為堅固的盾牆。盾牆後，刀光閃閃，殺氣逼人。

海賊們剛一停下腳步，就聽有人嘶聲怒吼：「陷陣！」

「呼啦——」盾兵起立，同時身體微微一側，用圓盾護住了肩膀後，猛然向前邁出一大步，長槍鐺的一聲，架在圓盾之上。

「陷陣無敵！」

「陷陣無敵……」

一聲聲嘶吼，整齊如一，迴盪在夜空裡。雖然只有百餘人，可是卻讓海賊們生出一種要與千軍萬馬廝殺的慘烈感受。

「陷陣營！」有人突然叫喊起來。「是呂布的陷陣營……」

一聲聲『陷陣』的呼號，讓海賊們產生了錯覺。他們襲掠廣陵多次，當然也聽說過呂布麾下最為精銳的陷陣營傳說。

相傳，陷陣一出，無人能敵。

而今他們面對的，是陷陣營嗎？那豈不是說，小小的海西城中，還藏著更多的陷陣營？黃巾軍是烏合之眾，由黃巾軍脫胎而出的海賊，情況也好不到什麼地方，同樣是烏合之眾。

剎那間，海西城外就亂了套。

而那支只有百人的刀盾兵，卻步步緊逼。

當雙方解除的一瞬間，人群中有人嘶聲吼道：「陷陣，盾擊！」

鐵盾呼的推出，帶著巨大的力量，十幾個海賊被鐵盾砸中，頓時骨斷筋折。與此同時，鋼刀揮舞，帶起一道道血光。這些刀盾兵宛如沒有任何情感的殺人機器，每一刀落下，必有人倒在血泊之中。

與此同時，城內的情況也變得越發混亂。隨著一袋袋的豆粒傾洩下來之後，這長街中、門樓下，幾乎沒有人能夠站立。

曹朋出現在城垛口上，大聲喝道：「放箭！」

豆粒頓時停止傾倒，取而代之的，是瘋狂如雨點般的箭矢。

狹小的空間裡，到處都是人，幾乎不需要瞄準，往下射箭就是。

馮超站在曹朋身旁，箭發連珠。一枝枝利矢呼嘯著離弦而去，城門樓下慘叫聲接連不斷，一個個海賊倒在血泊中，根本沒有還手之力。

同時，長街上的小巷裡也出現了一隊隊人馬。這些人就站在巷口，手持鋼刀，瘋狂揮舞。

總之，每一刀落下，必然會有人受傷。那長街之上，血流成河。浸泡在血水中的豆粒更加實化，每前進一步，都會付出巨大的代價。

「用屍體墊腳！」海賊首領，嘶聲吼叫。「往前衝，衝過去就沒事了！」

海賊們頓時省悟過來，開始踩著同伴的屍體往前衝。

這個時候如果有半點憐憫，必然會橫屍街頭。幾十個海賊好不容易從遍地的豆粒中衝出來，沒想到迎面閃出一隊人馬。

這一隊武卒的裝束，與城外的盾兵不一樣。

清一色長矛在手，不過每個人的身後，還背著一個排簍。每一個排簍，放置有五支短矛。十個人一隊，橫在長街當中。眼見著海賊衝了過來，第一排的長矛手卻不應戰，反而呼啦蹲下。手中長矛斜指，在空中絲毫不動。

第二排的長矛手，上前抄起前面同伴背上的短矛，整齊的振臂投擲。十支短矛呼嘯著破空飛出，蓬蓬蓬，一連串沉悶的聲響，衝在最前方的六名海賊被短矛貫穿了身體。

「擲矛！」潘璋出現在人群後，扯著喉嚨吼叫。

一支支長矛飛擲，在空中劃過一道道閃電。幾十個海賊瞬息間倒在血泊裡，一動不動。冷酷的出擊，足以讓許多人為之心寒。

「住手、住手……我們投降，投降了！」幾個剛衝出來的海賊，眼見著同伴就這麼被冷酷的擊殺，好像失了魂魄一樣，丟掉兵器，往地上一蹲。

「不許投降，不許投降……隨我衝。」首領揮刀叫喊，一個不留神，撲通就摔在地上。

他爬起來，臉上沾滿血汙，眼看著已潰不成軍的海賊，不由得急紅了眼睛。

「薛州呢？薛州為何還不來接應？」他喊叫著，猛然抬頭，就看見站在城門樓上的曹朋，眼珠子一轉，轉身朝著馳道跑去，「殺上去，咱們殺上去……只要殺了狗官，就還有一線生機。」

並不是所有的海賊都失魂落魄，聽聞首領呼喊，立刻隨著那首領撲向馳道。

濮陽闓站在曹朋身邊，連連搖頭，並不住的發出嘆息聲：「冥頑不化，冥頑不化啊！」

「正因如此，才要趕盡殺絕。」曹朋說著，一擺手。

幾名健卒立刻抓起麻袋，來到馳道盡頭。眼看著海賊們就要衝上來，這些健卒非但不緊張，反而樂了，他們將麻袋打開，呼啦啦將袋中的豆粒倒了出去。衝在最前面的海賊首領一個猝不及防，腳下踩到了滾動的豆粒，蓬的一頭摔倒，腦袋狠狠的撞在地面上，頓時摔得是頭破血流。

「馮超，幹掉他。」曹朋一聲令下。

馮超二話不說彎弓搭箭，瞄準了在馳道上翻滾不停的海賊首領，手指一鬆，錚的弓弦聲響。

一道寒光從城頭上飛來，那海賊首領扶著馳道的牆壁剛站穩，利矢已到了跟前。

「噗……」長箭貫穿海賊首領的面門！他睜大了眼睛，彷彿不甘心一樣，從馳道上一頭栽下去，落在地上的時候，發出『蓬』的聲響。

章七 還沒有結束

邦邦邦，刁斗聲聲，一更天至。

已經進入丑時，北城門口的喊殺聲，漸漸平息下來。

鄧稷沉穩的跨坐上馬，清冷的目光掃視一圈，淡定道：「諸公，可願隨本縣前去一賞夜色？」

黃整和潘勇二人，已決意站在鄧稷一邊。此時聽聞喊殺聲漸漸息止，兩個人的膽氣立刻抖了起來。在剛才，他們可是下了賭注，而且是以身家性命下的賭注。為什麼會選擇鄧稷？他們也說不清楚……也許就是因為鄧稷所展現出來的那種風輕雲淡，讓他們感受到了信心。

一個殺伐果決，能無聲無息幹掉海西一霸的人，斷然不會莽撞。既然鄧稷不擔心，那就說明他已有把握。黃整和潘勇，一輩子行商，又豈是沒有膽色的人？只不過此前他們運道不好，只能躲在小小的海西縣城裡，小打小鬧。而現在，他二人有一種感覺，他們的運道，來了！

反觀其他人，則表情複雜。有的後悔，有的畏懼，有的憤怒，還有的……

芸芸眾生相，此時此刻，在眾人臉上表露無遺。

王成則靜靜的看著鄧稷，臉色灰白，一句話也不說，只是抿著嘴，目光中流露出一絲絲悔恨。

其實，他有機會！他原本有機會和鄧稷和平相處，甚至可以改善郁洲山那些父老們的生活。可是他最終，還是放棄了……

鄧稷命人解開他身上的繩索，並給他牽來一匹馬，讓他坐在馬上。

一個家奴為他牽著馬，跟隨在鄧稷馬後，其餘人大都選擇了步行，其中也包括黃整和潘勇。

一路過去，還沒有走到北城門，就聞到了一股濃濃的血腥氣。

王成的臉色更加難看，眼皮子低垂著。

而黃整和潘勇，卻在這時候不自覺的挺直了腰桿。他們相信，過了今天晚上，他們會成為海西縣城裡舉足輕重的人物。商人的直覺，讓他們選擇了鄧稷，可沒有想到，這回報會來得如此快，而且是如此的豐厚。不過，他們在得意的同時，又暗自心驚……偌大的海賊，肆虐廣陵多年，竟然在這一夜之間，覆沒了？

鄧稷談笑卻敵的本事，令他們感到無比敬重。

特別是當一行人來到北門長街的時候，滿眼的血腥，遍地的殘肢，讓眾人一個個心驚肉跳。

「啊！」一個耆老突然大叫一聲，險些坐在地上。因為他一不小心，腳下就踩中了一樣東西。低頭一看，卻是一隻斷手，那手掌斷處還流淌著鮮血，指掌發白，看上去格外恐怖。平日裡養尊處優的耆老看到這一幕，焉能不感到恐懼？

幾十名執法隊員正在清掃長街，大掃帚一呼拉，浸泡在鮮血裡的渾圓豆粒，便滾入街道旁的地溝裡。還有一些人則正忙著搬運屍體。

一具具殘缺不全的屍體，被疊在北城門的空地上，鮮血順著屍體堆流淌不止。整個北城門的青灰色地面，此刻已變成了暗褐色，在火光照映下，透著幾分駭人之氣。

「友學，都結束了？」鄧稷在城門下，仰頭叫喊。

城門樓上，露出了濮陽闓的面容。

「縣令放心，都已經結束了……友學有些睏倦，所以睡下了。為了今夜之事，他已有多日沒休息，讓他好好睡一覺吧，天亮以後還有很多事情要去做呢。」

這件事的始作俑者，難道是曹朋？

言者無意，聽者有心。

黃整、潘勇等與曹朋有過交道的人聽了濮陽闓這一句話，再看鄧稷的表情，似有所覺察。回想

還沒有結束

當初成立行會，曹朋在飛揚閣上，輕描淡寫便使得九大行首低頭……

黃整和潘勇相視一眼，忽然笑了！

也許，在這海西縣城裡，最可怕的人不是鄧稷，而是那位有海西第一衙內之稱的曹友學吧。早就知道那不是個普通的孩子。如今看起來，他不僅是不普通，還是個心狠手辣、思緒縝密之人。這樣的人，只能結交，而不能得罪。

經商這麼多年了，什麼人會是什麼樣，黃整與潘勇還能看出一二來。雖說曹朋現在只是以一個幕僚的身分，在鄧稷身邊效力，可是曹朋的將來一定比鄧稷更遠大，更無法估量……

英雄當識於未發跡時！

兩人相視一眼，從彼此的眼中，都看到了相同的內容。

天亮了！

海西百姓一個個走出家門，昨夜北城門的喊殺聲，讓他們心驚肉跳。本以為海賊會襲掠縣城，哪知道沒多久，便聽到有執法隊的成員沿街呼喊，不許百姓走出家門，否則生死勿論。

難道說，海賊輸了？

懷著疑惑，同時又有些興奮的心情，海西百姓度過了漫漫長夜。可是當他們走出家門的時候，這海西縣城，已經變了模樣。

北城門門樓下，堆積著近千具屍體。一千多名海賊蹲在城牆根下，被繩索一個連著一個套住，在他們跟前，還有一排焚盡的篝火殘跡。在百名武卒的注視下，這千餘名海賊一動也不動。

城門樓下，還豎著一根旗杆，約有門樓高。那旗杆上懸吊著一具屍體，有眼尖的人一眼就認出那屍體的來頭。

「是薛州！」

「錯，這不是薛州，是郁洲山黃巾豪帥，管亥。」

「管亥？」

看守旗杆的人說：「薛州另有其人。這管亥原本是青州黃巾，曾率部圍攻北海。後來失利，便下落不明，沒想到竟投奔了薛州。不過大家放心，薛州也被抓住了，正被關押在縣衙大牢。」

一時間，海西百姓們呆愣住了！

突然，有人高聲叫喊起來：「鄄縣令威武！」

「鄄縣令威武啊……」

聲音本來很小，但很快便匯聚一起，在城門上空迴盪。

這已經有多少年了？自從郁洲山這些海賊出現以來，海西縣就沒有太平過。

還沒有結束

海西人難道不恨他們嗎？

恨！恨得牙關緊咬。

海賊剛出來的時候，他們也曾想著要將這些海賊消滅。可一轉眼，幾年過去了，海賊依舊猖獗，而海西的縣令，已不知道更換了多少人。

到後來，海西乾脆就變成了無人問津的邊荒之所。盜匪肆虐，惡霸橫行，律法逐漸消亡，官府更變成了一個笑話，沒有人願意相信。一次次失望，海西人漸漸變得麻木不仁，對周遭的事情也不再關心。鄧稷一行人來到海西的時候，許多人甚至是抱著看笑話的心思……

可沒想到，鄧稷居然不聲不響，剷除了海賊？

一種遺失已久的奇妙感覺，重又湧上心頭。

一個人吶喊，千百人應和；千百人應和，舉城歡呼……

坐在縣衙裡，鄧稷的臉上，也露出了燦爛的笑容。

「阿福，你怎麼了？」鄧稷發現，所有人都很高興，唯有曹朋在堂下，咬牙切齒的，好像在跟自己較勁。

「我沒事！」曹朋氣呼呼的回答，心裡面卻禁不住再一次咒罵起來：羅大糊弄啊羅大糊弄，你真他娘的是害人不淺啊……

當他得知，那個被馮超射殺的海賊頭領居然叫管亥的時候，不禁愣住了。

管亥，那也是個了不得的人物。《三國演義》當中，他曾率黃巾軍圍攻北海，才引出了太史慈殺出重圍，向劉備求援的情節。不過，在《演義》裡，管亥曾與關二爺大戰數十回合，後來被關二爺一刀斬於馬下。

關二爺是什麼人？那可是後世鼎鼎大名的武聖人！據說香港的警局裡，還供奉了他的雕像。後來與關二爺交過手的人，除了黃忠等寥寥幾人之外，幾乎都是被他一刀斬於馬下。而管亥竟然能和關二爺鬥幾十個回合？再不濟，也能算得上一頭小牛……沒想到，這傢伙居然沒有死，反而逃到郁洲山，當起了二把手。

事實上，當王成在海西的時候，郁洲山基本上就是管亥負責。

這麼一頭小牛，竟死於默默無聞的馮超箭下……如果早知道這傢伙是管亥的話，老子就要捉活的，至少可以試一試，看能不能將其招攬過來。若可以的話，也是個不錯的選擇。

想到這裡，曹朋忍不住嘆了一口氣，用力的搖了搖頭。

鄧稷不由得笑了！對於這個妻弟，鄧稷是一點兒話都說不出來。有時候看上去很糊塗、很幼稚，但有時候卻是老謀深算，甚至比得上曹公府中的那些謀士。

難道，真是得天授之？

鄧稷一直不是很相信什麼道士教授曹朋的事情，可是現在，他似乎有點相信了……若非修得神仙術，焉能有這般出眾謀略？

雖然說他久聞郭嘉等人算無遺策，可畢竟沒有真正領教過。郭嘉那些人，站在一個高處，非鄧稷現在能夠理解。倒是曹朋……和他很近，就在他身邊，讓鄧稷感受到了莫名的震撼。

「阿福，你怎麼就猜到……」

「其實對王成這個人，我一直都在懷疑。姐夫，我之前和你說過，他表現的太熱心、太熱情。中陽山有一句俗話：事若反常必有妖。王成最大的破綻，就是在於他的熱心、熱情，讓我有些奇怪。按道理說，他和海賊並沒有太大的仇恨，為什麼會一而再、再而三的鼓動我們呢？」

「那天，我和馮超在荷花池畔遇到他，他說了好一堆的感慨，引起了我的關注……因為在當時那種情況，他完全沒必要對我說那些話。人有百樣，喜好不同，他何必對我解釋他去荷花池的緣由呢？於是，我命馮超盯住他。」

濮陽闓點點頭，「當時我還認為，友學小題大做。」

「是啊，若換作我，斷然不會生出這種疑慮。」

步騭和戴乾昨夜是奉命守南城，故而沒有參與戰事，只負責清理戰場。兩人倒是沒有露出太疲乏的樣子，笑呵呵的看著曹朋，眼中流露出讚賞之色。

「後來馮超發現，王成之所以到荷花池，實際上是傳遞消息。」曹朋說著，從身前案子上拿起一管竹筒，搖了搖，「他把這竹筒藏於荷花池畔的一棵空心柳樹內，自有人會前來取走。我發現了這竹筒，得知有人要王成襲掠海西，才有了這番計較。」

「誰？」步騭突然問道。

曹朋深吸一口氣，「這海賊之所以襲掠海西，是因為咱們威脅到了一些人的利益。如果說，王成對咱們懷有敵意的話，是因為咱們可能會影響他的計畫，那麼密令王成的人……」他搖了搖竹筒，冷笑一聲，「他擔心咱們破壞了他的大事。」

「哦？」

「姐夫，這件事還不算結束，事情還沒有完。」

「還沒有結束嗎？」鄧稷聽聞，眉頭一蹙。剷除了海賊的那種喜悅之情，似乎一下子消失無蹤。他抿著嘴唇，手指急促的敲擊著桌案，半晌後，他輕聲道：「難道，還會有麻煩嗎？」

「當然。」曹朋說著話，便站起身來，「而且我估計，這麻煩不久就會到來。」

「你是說……」

曹朋解釋道：「王成襲掠海西，說穿了是為了那傳說中的海西侯寶藏。他之所以留在海西縣，其目的就是為了魚吻銅鎮。雖然我還不清楚這魚吻銅鎮和寶藏究竟有什麼關聯，可是……姐夫，還記得我讓你去拜訪麥熊麥巨威嗎？我想我已經知道，那寶藏的埋藏處。」

「啊！」鄧稷等人大吃一驚，呼的一下子，全都站立起來。

曹朋笑了笑，喝道：「胡班，去牢中把王成提出來，他費了那麼多的心思，我總要讓他親眼看上一看。」

「阿福，你要幹什麼？」

「我帶大家去取寶藏……」

曹朋這一句話，令得鄧稷等人變了臉色。他們相視一眼，剛要開口，忽聽縣衙外傳來一陣喧鬧聲，緊跟著有人高聲喊道：「廣陵，陳太守到！」

曹朋聽聞，不由得哈哈大笑：「姐夫，他們來得正好，索性我們今天就把這多年以來的諸個疑案，全都一起了結了吧！」

說完，曹朋側身讓路。

鄧稷猶豫了一下，一咬牙，邁步走出了衙堂。

陳登的到來，有些出乎鄧稷的預料。他也想不明白陳登的來意，但隱隱可以感覺到，陳登絕不會無緣無故的來到海西，一定有原因。

按照規矩，陳登過來應該提前告知，而後鄧稷出城三里迎接，可他這不吭不響的便找上門來，究竟又是什麼心思？鄧稷有些打鼓。

曹朋走出衙堂的時候，看到王成的臉上有一抹詭異的笑容。他眼珠子一轉，示意濮陽闓等人先跟上去，而他自己則慢走兩步，一招手，示意馮超上前，把王成從大牢門口拖過來。

「王先生！」曹朋嘆了一口氣。

王成臉色蠟黃，氣色也頹敗到了極點。只不過看上去，他並沒有太多沮喪，反而有一絲絲的得意。

「曹公子，有事嗎？」

曹朋擺了擺手，示意馮超等人退下。「其實，我是真沒有想到，你竟然就是薛州。」

「那又如何？」

「而你也一定不會猜到，我已經知道了，你就是麥熊麥巨威。」

王成身子一顫，竭力想要讓自己保持冷靜。可他的表情，已經出賣了他內心的想法，顯然是極為驚駭，甚至有一點點恐懼之意在其中。

曹朋沒有理他，自顧自道：「知道我是怎麼猜出來的嗎？」

「曹公子，我實在不明白，你這話是什麼意思？」

「根據我所調閱的案牘來看，麥巨威早年間也是廣陵郡極為清雅之士，與陳公漢瑜等人並稱四傑。」

「那又怎樣？」

曹朋笑了，看著王成說：「這就是說，縣衙裡對麥巨威的記載很詳細。包括他什麼時候被舉為孝廉，什麼時候入京為郎，什麼時候當上了諫議大夫，什麼時候成為太中大夫等等等等。」

曹朋的語速很慢，但是抑揚頓挫，極有韻律。普普通通的話語中，卻隱隱包含著一種震懾人心的力量。

審訊！

也是前世身為刑警的曹朋，一門必修的課程。

審訊可不是簡簡單單的問你幾句名字籍貫，也不是像後世某些電視劇中，一拍桌子：坦白從寬，抗拒從嚴。這裡面，有著極為高超的技巧，要捕捉到對方的心思，知道對方的意圖。

曹朋這一番話不急不緩，卻讓王成感受到了壓力。他索性眼睛一閉，不再說話。

「記錄完整，就代表著關於麥巨威的事情，我很清楚。他素以氣節高尚而聞名，當初十常侍賣官，曾向他討要八十萬錢，言即可繼續擔當太中大夫。太中大夫當時的市價是多少？一百二十萬錢。也就是說，十常侍對麥巨威還是很看重。然則麥巨威最終卻辭官回鄉……」

「他沒有八十萬錢？我不相信。看麥家的這份產業，即便是沒有八十萬，也相差不多。此人好菊，尤以墨菊最甚。一個喜歡稀有墨菊的人，到了晚年突然好上了普普通通的紅梅？這轉變也太大了吧。而薛州，青州琅琊郡梅鄉人……據說早年間梅鄉紅梅遍野，也是琅琊郡一處極有名聲之處。我為此還專門問過濮陽先生。你應該知道，濮陽先生的見識，還是比普通人要厲害。」

王成的身子不住顫抖，卻又說不出，是疼的還是因為驚駭。

「年紀大了，總是有思鄉之情。於是拔了庭院裡的墨菊，栽種上滿園紅梅，也可以聊表思鄉之意。同時，還不會被人懷疑……我說的對嗎？麥大夫！」

王成睜開了眼睛，複雜的看著曹朋。「你真的只有十四？」

「呃，還差兩個月，十五歲。」

王成再一次閉上了眼睛，不過從他不住抽搐的眼皮子可以看出來，他的心裡一定不平靜。

「還有一件事……伊蘆灣，我兩位義兄率三千銳士，枕戈待旦。」

「與我何干？」

「我也聽說，郁洲山海路複雜，不太好找。但你可能忘了一件事，我那兩位義兄既然能從衛彌手裡接出兵馬，自然不會懼怕什麼海路複雜。郁洲山上，據說尚有三萬餘人，王先生當初把他們從青州帶出來，就是希望他們死嗎？」

「你這話是什麼意思？」

還沒有結束

「沒什麼意思，我只是想提醒你，三萬人性命就捏在你的手中。」

王成再次睜開眼睛，瞪著曹朋。

「你現在有兩條路，與我合作，你難免一死，但我會設法保住那三萬人的性命，並為他們妥善安置；抑或者，我現在就派人前往伊蘆，告訴我兩位義兄，島上三萬人，一個不留。」

「你……」王成吃驚的看著曹朋，眼中流露出駭然之色。

他怎麼也想不到，眼前這弱冠少年居然如此狠辣。曹朋行事說話，根本不是一個十四歲少年應該有的氣質，可是王成也不得不承認，曹朋擊中了他的要害。

「麥仁並不想害你們性命。所以他前去廣陵，求陳太守出面，把你們趕走。」王成說罷，露出一絲苦澀笑容，「當時他還徵求了我的意見，殊不知我已經答應了別人，要取你們性命。曹公子，你難道不想知道，是誰要害你嗎？只要你能……」

「劉備！」

「啊！」曹朋一句話，令王成到了嘴邊的話語，戛然而止。

「你怎麼知道？」

「我既然可以推測出麥熊就是王成，為什麼就推測不出誰想要殺我？某些人壟斷了兩淮鹽路，藉由私鹽，收購軍糧兵械。我在海西整頓商市，我的力度越大，他們就會越發危險。不僅如此，我還知道，麥仁一直幫劉備走私鹽，對嗎？王先生，你好好與我合作，我至少能保你不會死的太痛苦，可如果你自作聰明，休怪我無情。」

「我……」王成蠟黃的臉上，浮現出一抹嫣紅。

他看著曹朋，突然間苦澀的笑了。「曹公子，我犯了一個很大的錯誤。包括我在內的所有人，都以為鄄縣令是此行主事，濮陽闓等人是他的幕僚。其實，你才是他的幕僚……只不過因為你的年紀小，以至於所有人都忽視了你。鄄縣令這一次帶來的人當中，你才是最危險的那個。如果我一開始把目標放在你的身上，也許結局就會不一樣。」

「王先生，這個世上，沒有如果……」

「所以，我輸得不冤枉！」王成呵呵笑了，「因為我連誰是我的對手都不知道！」

曹朋這一次，沒有接口。

王成突然道：「曹公子，你若能保我三萬兄弟的活路，我帶你去挖寶藏。」

「寶藏，在塔樓下。」

「啊？」

「其實，你已經找到了入口，但是因為缺少一件重要的東西，以至於遲遲沒有行動。」

「魚吻銅鎮！」

「你曾試圖挖一條通道出來，可是卻沒有成功。幾年前，時常有人在荷花池畔跳水，但卻沒有人發現過死屍。其實，跳入水中的並非死屍，而是你挖地道時，挖出來的泥土。那麼大量的泥土，你無處丟擲，於是便想出了造聖人像的招數。」

「你在西里設書館，並找人修造聖人像，說是對聖人的敬重。其實呢，你把那些泥土做成胚子後，當晚便命人拉到了池畔，丟進池中。由於是在晚上，所以也沒人看得清楚，於是便有了冤魂投池的傳說……直到幾年前，你發現了魚吻銅鎮的秘密，便停止挖地道。」

「你，你……」王成只覺得脊梁上的汗毛都乍立起來。

曹朋所言，盡數擊中他的要害。一剎那，他所有的依持都沒有了，只剩下無盡的恐懼。

而曹朋朝他看了一眼，「不管你是否合作，我都不會殺那三萬人。海西要恢復元氣，需要大量的人口，他們正好可以充作屯民……我可能狠毒，但不會濫殺無辜。」

「曹公子，我帶你去開啟入口。」

王成的心在這一剎那間，突然平靜了。

從曹朋的眼中，他讀出了真誠。自己一生為盜匪，殺人無數，更害死了致仕的官員，王成也清楚，自己斷然是沒有半分活路。既然曹朋做了保證，也許他真的能給那些苦命人帶來生路。

三萬人聚集在狹小的郁洲山，並非長久之事。郁洲山雖然隱蔽，卻終究不是一個長久之計，能重回陸地，是王成等人多年來的想法。之所以想要開啟寶藏，也是希望能讓那些跟隨他的人，有一個妥善的安置。至於王成自己……

「曹朋，你做的好事！」

當曹朋走出府衙大門的時候，就看見陳登站在門前。不過他意外的看到，在陳登身後還有一個熟人。就是當日在下邳時，和他談論美食的青年。

「陳太守！」

「你明知道海賊來襲，為何不及時告知本府？以為自己有一點小聰明，就可以肆意妄為嗎？萬一這些海賊攻破海西，海西縣剛剛恢復的生氣必將毀於一旦。你怎敢如此膽大？」

曹朋懵了！原以為陳登過來是要找鄧稷麻煩，可是聽他這一番話，哪裡是來找麻煩的意思？

在陳登身後的青年朝著曹朋做了個鬼臉，而後大聲道：「的確是膽大，不過曹朋年紀小，不懂事也就罷了，鄧縣令你怎能縱容他這樣胡鬧？還有，麥仁……你身為海西縉紳，在這等時候不留守縣城裡，反而跑去廣陵，你怎對得起你父親麥公巨威這一世的剛正之名？」

麥仁站在一旁，有些不知所措。

陳登瞪了那青年一眼，而後又看了看曹朋，「曹朋！」

「下官在。」

「你可願意，隨我前去廣陵？」

「啊？」曹朋愕然的抬起頭看著陳登，卻見陳登那張有些刻板的臉上，隱隱有一絲笑意。

陳登扭頭，又朝著鄧稷看去，「鄧縣令，你可願意割愛？」

「下官……若友學願意的話，下官自不會阻攔。」鄧稷心中，有一絲絲的狂喜。

阿福，被陳登看中了？若留在海西，終究不如到廣陵有前途。最重要是，阿福到了廣陵，可以結交更多的人，遠比留在海西要強百倍。

曹朋猶豫了一下，道：「陳太守，此事且容下官三思再做決定。下官以為，當務之急還是儘快打開李廣利留下的寶庫。」

「海西藏寶？」陳登一怔，驚呼道：「你是說，那傳說中的海西藏寶，確有其事？」

「正是。」

「你……」陳登沉吟一下，「我從小就聽人說，海西曾有一批藏寶，是當年海西侯所遺留，一直以來都無人知曉，故而還以為只是一個傳說。沒想到……長文，看起來咱們今天還真是來對了……」

「子衿，不如你也隨我們一起過去。我知道你心裡有些不舒服，但那不過是些小事，鄧縣令的為人我雖不瞭解，但家父曾言，鄧縣令是個持重的人。如果你們之間有什麼誤會的話，不妨就說清楚，沒什麼大不了的……」

麥仁滿臉通紅。他跑去廣陵告狀，想要透過陳登，將鄧稷趕走。哪知道他前腳剛走，後腳海賊就犯境了。當他走進海西城門，聽到海西人的歡呼時就知道，自己的算計恐怕是要落空了！

這其中的緣由，麥仁又怎可能不清楚？

他不禁暗自慶幸，慶幸當初他沒有貿然與薛州聯絡，否則一旦事敗，他在海西再無容身之地。畢竟，勾結海賊的罪名……

曹朋看了一眼麥仁，又看了看陳登。他突然嘆了口氣，輕聲道：「陳太守，你來的正好，有一樁陳年舊案，索性今日一併解決吧。」

「陳年舊案？」鄧稷疑惑的看著曹朋。

陳登問道：「什麼陳年舊案？」

「馮超！」

「喏！」馮超從人群外走進來，插手行禮。

曹朋說：「這位馮曹掾……不，其實應該稱呼他為馮公子，就是三年前被害的海西令馮爰之子，如今在海西，忝為兵曹掾一職。我所說的陳年舊案，就是三年前殺害馮縣令的真凶。」

馮超聽聞，不由得一愣，「殺害我父親的真凶？」

陳登聽聞曹朋這一番話，臉上也登時露出了凝重之色。他沉聲喝問：「曹朋，難道說，並不是海賊所為嗎？你知道，究竟是誰做的事情！」

曹朋深吸一口氣，「諸公，請隨我來！」

章八 各取所需

「兩個月前，我與姐夫來到海西。」

曹朋在前面領路，陳登跟在他身後。鄧稷、還有那名叫『長文』的青年，則在陳登左右相陪，而後才是濮陽闓、步騭、戴乾等人。

麥仁走在最後面。雖然他是海西本地縉紳，而且麥家在廣陵也算是小有頭面，可是在這等情況下，他還是自覺的走在後面，卻看到被馮超、潘璋二人拿住的王成。

王買和鄧範帶著執法隊進行城內的巡邏；周倉和郝昭各領一百虎賁，留守城頭，負責警戒；而夏侯蘭則領著數十人，負責清理海西外圍，打聽各種情報。

馮超有些急切，不時的緊走兩步，想要聽清楚曹朋的話語。從剛才曹朋的話語中，馮超可以聽出來，父親的死好像別有隱情。之前他以為父親是死於陳升之手，後來被曹朋否認；而後他又以為父親是被王成所害，可現在聽來，好像和王成也沒有關聯，應該是另有其人所為。

究竟是誰？馮超有些急不可待。

曹朋一邊走，一邊說，恍若無人一般：「我們一到海西，便遇到了馮超，並從他口中得知了海西有三害，海賊、鹽梟、商蠹子……其中，商蠹子陳升，當時並沒有和我們發生正面衝突，只不過由於此人過於跋扈，所以便進入我們的視線。一個外來人，而且橫行霸道，想來也做了不少傷天害理的事情。就在這個時候，王成登門了，也就是薛州！作為第一個向我們釋放出善意的海西名流，按道理說，我應該抱有好感。可是從一開始，我對王成就有一種古怪的感覺。」

「王成那天是坐車過來，可是他的舉止行為，根本不像一個坐車的人，且舉手投足之間，此人流露出一種匪氣，不是一個名士應該具有的氣質。比如陳太守，家學淵源，若登車而行，會有腳凳。這無關什麼身體狀況，而是一種風範。任何一個飽讀詩書的人都會留意自己的一言一行，那天王成一下子就登上了車，怎麼看也不是一個名士所為。」

陳登雖然沒有說話，可是眼中卻閃過一抹笑意。

他如何聽不出曹朋這番話的意思？這，是在捧他呢！

「友學，你接著說。」長文兄開口，似乎很感興趣。

曹朋於是點了點頭，「王成從一開始，就一直在宣揚姐夫要打海賊，這是我對他的第二點疑惑。據我所知，海賊襲掠海西，但是並沒有對王成造成什麼危害。換句話說，他和海賊沒有太大的仇恨，為什麼又表現出一副恨之入骨的模樣？別和我說什麼正義感，如果他真有正義感，在海賊襲掠海西、數次造成傷亡的情況下，早就應該死掉。但是，他沒有！」

「不過這時候，由於我們被陳升吸引了注意力，所以也沒有太在乎王成。我們來到海西沒幾天，陳升便對我們發動了攻擊，於是我和姐夫就開始著手對付陳升……不可否認，陳升在海西是一霸，但也僅止於此！他要對抗的，是朝廷，不免有螳臂當車之嫌，所以很快被姐夫平定。而從他的家裡，我找到了這個！」

曹朋說著，一擺手，胡班急匆匆上前來，將魚吻銅鎮遞給了曹朋。

「魚吻銅鎮！」曹朋托著，對陳登說：「陳升就那麼明目張膽的擺放在書齋的桌子上，用來壓紙張。我後來聽馮超說起了魚吻銅鎮的來歷，便感到有些古怪。如果是陳升害了馮縣令的話，為何敢這麼囂張的把它放在案頭？不過可以看得出，陳升對這枚銅鎮很是喜愛。好吧，如果是陳升殺了馮縣令，他會把有可能證明他是殺人凶手的證物，擺放在明處嗎？」

「他就算再張狂，也應該明白，廣陵郡還不是他一個人便能做主。於是我便猜想，莫非這魚吻銅鎮是馮縣令送給陳升的東西？根據我對馮縣令的瞭解，他是個很清高自愛的人，為什麼會把這件東西送給陳升？難道說，陳升和他有什麼交易？」

「這不可能！」馮超突然大叫，「我爹不是那種人！」

「馮超，少安勿躁。」曹朋回頭，擺手示意馮超不要著急。

「其實，就算馮縣令和陳升有交易，未必就是說馮縣令是壞人。這個時候，王成再一次進入我的視線當中，他積極的為我聯繫本地商賈，但是又表現出無所謂的態度。期間，姐夫又去拜訪了一次麥公巨威，但很可惜，麥公卻沒有出面予以接待。這件事，我本來也沒有放在心上，當時忙著治理北集市，令海西的市價平穩下來。」

「直到有一天，王成送給我許多奇巧淫技，我當時還覺得奇怪，他好端端的，送這些幹什麼？也就是這個時候，我的好兄弟王買，發現這魚吻銅鎮似乎別有機巧，還勸說我不要沉迷其中。那天我一下子好像省悟過來，王成送我這些東西，會不會是想藉機尋找魚吻銅鎮？那麼，他為什麼要尋找魚吻銅鎮？海西藏寶的傳說，也就是在這個時候被我聯繫起來。那天晚上濮陽先生也在，我就說，如果有人想要在縣衙裡找到魚吻銅鎮的話，又該怎麼做呢？」

濮陽闓在人後，微微一笑。

「濮陽先生說，肯定是派人在縣衙裡尋找。問題是，縣衙已經廢棄多年……我立刻聯想到我們來到海西縣的第一天，發現殘破的縣衙內竟然還有人居住。這個人，麥仁公應該知道，就是麥府的麥成，據說是麥公巨威的遠房親戚。」

不知不覺，一行人已來到了塔樓外。

曹朋讓馮超壓著王成走進去，很快在樓梯下方的一個隱秘處，找到了一處入口。

「陳太守，請！」

曹朋側身相讓，陳登毫不猶豫，矮身便走進了秘洞入口。潘璋拿來一支火把，曹朋點燃後，也鑽了進去。

這秘洞有一個石階，一直延伸到了地下。曹朋手舉火把當先而行，當經過一拐彎處時，找到了一盞長明燈。燈油仍在，不過卻已熄滅。曹朋用火把點燃，一下子使得視線清晰許多。

狹窄的階梯石甬往下延伸，曹朋小心翼翼往下走，大約一刻鐘的時間，終於來到了底層……仍舊是一條石甬。

「曹公子，你剛才那些話，是什麼意思？」

「子衿先生，你莫要著急。」曹朋笑了笑，從一個武卒手中取來長矛，一邊探路一邊走。

「麥成，為什麼會留守縣衙？」曹朋繼續說道：「這是我當時的第一個疑問。如果麥成留守縣衙是為了尋找魚吻銅鎮，又是何人指使？這是我的第二個疑問。難道說，麥公也在尋找海西藏寶嗎？我回想了一下，又覺得不太可能。因為據我所知，姐夫拜訪麥公的時候，麥公已是神志不清。可為什麼一個神志不清的人，居然會突然要姐夫釋放麥成？那天晚上，我做了一個大膽的假設……如果麥公，已經死了呢？」

這句話一出口，甬道裡眾人不由得毛骨悚然，起了一身雞皮疙瘩。

「我爹明明在家，你怎能……」

「王成，你說呢？」

王成突然桀桀笑了起來，那笑聲聽上去極為古怪。麥仁聽到這笑聲，頓時臉色慘白……

從王成的口中，吐出了一連串古怪的話語。

「我殺了你！」麥仁好像瘋了一樣，撲向了王成。但是，他被潘璋攔住。

王成剛才是說：「我兒，再叫聲爹來聽聽。」可他所用的聲音、語氣，還有含糊的音節，正是平日裡麥熊所使用的聲音。

到了這個時候，麥仁如果還不清楚是怎麼一回事，那可就真的是傻子。

「子衿先生，且不要著急，王成還有用。」曹朋一擺手，示意潘璋按住麥仁。

陳登則用一種極為古怪的目光看著他，眼中流露出一絲難以置信的光彩。

「友學，接下來呢？」

「那天晚上，也是我第一次將麥公巨威，和王成聯繫在了一起。但那也只是猜測，我沒有任何證據……所以，我只好讓馮超盯死王成，盯著他一舉一動。後來，呂溫侯凱旋，姐夫因為不在海西，所以就由我前去道賀。」

「下邳的事情，想必太守應該知道一些，包括我們和溫侯發生衝突……但有一件事，太守肯定不知道。我們到下邳的頭一天，在一家酒樓裡吃飯，不巧，坐在我們隔壁的，居然是和我住在同一間驛館的熟人。這個人陳太守應該也很熟悉，便是那劉豫州麾下的孫乾孫公佑……」

本來還拚命掙扎的麥仁，突然間僵住了。

陳登一愣，「孫公佑我當然知道。」

「孫公佑那天請了一個客人，而那個客人……呵呵，子衿先生，還要我再說明白嗎？」

「子衿，究竟是怎麼回事？」

「這個……」麥仁吞吞吐吐，不知道該如何解釋。

曹朋開口道：「還是讓我來解釋吧。當年巨威公因不肯交納買官的錢，而被十常侍革職返家。子衿先生非常氣憤，但他並不知道，巨威公並不是拿不出這個錢，而是不願意……子衿先生一廂情願的認為，巨威公是因為錢財太多，所以不願意奉出，於是他惱怒之下，便生了賺錢的心思。而當時天下正亂，什麼最能賺錢呢？子衿先生考慮了很久，終於決定了合作夥伴——」

「東海麋家……兩淮最大的私鹽製造者。而子衿先生憑藉著巨威公的影響力，便神不知鬼不覺的，成為了隱藏於海西、兩淮最大的鹽梟。」

「子衿，友學所說的，確實？」

麥仁低垂下了頭，許久不語。陳登則氣得頓足，指著麥仁罵道：「子衿啊子衿，大丈夫有所為，有所不為。你怎麼能夠如此……」

長文的目光則落在曹朋身上。他輕輕鼓掌，連連讚嘆道：「這是我聽到的最精彩的事情。」

「精彩，還沒有結束。」

曹朋笑道：「在下邳的時候，孫乾就讓子衿先生設法除掉我與姐夫。但看得出來，子衿先生好像有些猶豫，所以遲遲不肯動手。對此，我與姐夫，感激不盡……但透過這件事，讓我又知道了另一件事情，那就是子衿先生不僅僅是海西的鹽梟，而且與海賊也有密切關聯。」

麥仁看了一眼王成，低下了頭。而王成則咯咯的笑不停，似乎是在嘲笑麥仁。

「事情到此，似乎已經結束了，所有的真相，好像都已經清楚了。」曹朋深吸一口氣，閉上了眼，「但我還是覺得，我忽略了一件事情。馮爰馮縣令，究竟是被誰所殺？」

麥仁身子一顫。

「三天前，我與姐夫再次拜訪麥公巨威，其實是想要把王成，也就是把薛州引出來。因為當我得知海賊將要襲掠海西之後，王成突然間消失了……如果他這次逃走，以後休想再抓到他。」

「於是，你就去了麥家莊，並把魚吻銅鎮的事情透露出來？」王成抬起頭，看著曹朋問道。

「沒錯！」曹朋猛然昂起了頭。

「但是當我見到子衿先生的時候，我卻突然想起來一件事情——子衿先生認識海賊！為什麼就不是子衿先生殺了馮縣令呢？於是我立刻返回縣衙，再次取出了昔日案牘。馮縣令來到海西，其主要任務，就是斷絕私鹽買賣。和他直接有衝突者，好像只有鹽梟。而馮縣令和陳升，當年也有交情，於是馮縣令就找到了陳升……因為他知道，陳升也涉足私鹽，所以想透過陳升，找出隱藏在海西縣境內的鹽梟，也就是子衿先生。」

「陳升，答應了！想必陳升也聽說過海西藏寶的事情，但他未必真就相信。於是，他提出了要馮縣令那魚吻銅鎮交換情報的要求……馮超曾說過，馮縣令死前，曾去拜會過陳升，並且氣沖沖的和陳升不歡而別。而後，魚吻銅鎮就出現在陳升的書齋裡。」

「子衿先生，陳升一定把這個消息也告訴了你，對嗎？所以你才下定了決心，要置馮縣令於死地。同時，你對陳升的貪婪，也開始感到了厭惡……姐夫在海西第一次設宴，你興沖沖前來。其實，你不是站在姐夫這一邊，而是希望藉姐夫之手，剷除陳升。那天晚上，你看到陳升被我斬殺於長街的時候，我猜想你當時的心情，一定是非常的愉快！」

麥仁面如槁木！

馮超突然一聲嘶吼，「我要殺了你！」

「馮超，住手！」鄧稷突然厲聲喝道：「麥仁所作所為，自有律法懲戒。你記住，你現在是曹掾，絕不可以私相尋仇。」

「我……」馮超待立原處，忽然間抱著頭蹲下，放聲大哭。

「馮超，你爹和陳升做了一筆交易……然則，他卻找了一個品性極差的交易夥伴，妄想著以一己之力扭轉乾坤，最終落得一個身死的下場。也正是由此開始，海西陷入長達三年的混亂。」曹朋說著，突然停下腳步。「故事，說完了。不過我還有一筆交易，想要和陳太守做。」

「交易？什麼交易？」

「就是這海西藏寶……」說著話，曹朋手指前方，「我希望郁洲山三萬盜賊，能夠落戶海西。陳太守，可否答應我呢？」

陳登有些躊躇。不可否認，這傳說中的海西藏寶，非常誘人。對土生土長的他而言，海西藏寶就好像是一個美麗的傳說，伴隨著他的童年長大。如今他有機會親自面對這個藏寶，自然頗為心動。但是，這並不代表他願意放棄那三萬名海賊。

廣陵十一個縣，但人口基數並不大，總共加起來，甚至還不到四萬人。三萬海賊，就等於廣陵總人口的十分之一，也差不多接近一個海西縣的人口基數。在這個時代，這麼多的人口對許多人來說，都是一個不小的誘惑。
一邊是兒時夢想的海西藏寶，一邊是三萬人口，陳登都想要，都不願意捨去，但是他知道，這時候他必須要做出選擇……
猶豫了一下，陳登扭頭，向長文看去，似想徵求他的意見。
這就是曹朋所說的『交易』。
其實，曹朋大可不必將藏寶和人口給他，因為從頭到尾，陳登都沒有參與其中。
沒錯，陳登是廣陵郡的太守，卻也不是一個強取豪奪之輩。世家大族的子弟，自然要有世家大族的風範。曹朋願意將一樣東西交出來，已經是極看得起他。如果強奪，未必能成功。
長文正好奇站在一旁，手裡舉著一支火把，向前看去。森幽石甬盡頭，好像是一個死胡同，有一頭噴水的狻猊匍匐於地上，後面是一面石牆。如果單從他所站立的位置來看，看不出任何端倪。感覺到了陳登的目光，他轉過身來，呵呵的笑了……
「落戶海西也好，落戶廣陵也罷，還不都是廣陵郡治下？」
「呃……」
「友學賢弟，這藏寶究竟在何處？」長文直勾勾的看著曹朋，眼眸中透著興奮之色。
也許，在他的眼中，三萬海賊的事情遠沒有那藏寶來的有趣。

曹朋笑而不語，看向陳登。

「也罷，三萬海賊，就落戶海西。」

「多謝陳太守！」曹朋聽聞頓時喜出望外。他轉過身大聲喝道：「薛州，你可聽清楚了？」

王成抬起頭來，突然間笑了。「聽清楚了。」

「那麼，可以開啟藏寶了嗎？」

王成點點頭，邁步走上前。

潘璋忙上前想要阻攔，卻見曹朋朝他搖搖頭，示意他不要動。

「曹公子，我會為你解決一樁麻煩，望你能善待我那三萬弟兄……他們，也都是些苦命人。」當王成和曹朋錯身而過的時候，壓低了聲音說話。

曹朋一怔，剛想要開口詢問王成的意思，卻見王成已走了過去。

「魚負錢。」

「啊？」

「就是魚吻銅鎮。」

曹朋連忙把魚吻銅鎮遞給了馮超，讓他上去幫忙。

要說對海西藏寶的瞭解，恐怕莫過於王成。畢竟，他為了這藏寶，在海西一待就是近十年，想必他已經把這藏寶的情況，弄得清清楚楚。只可惜，從始至終，他都沒有得到魚吻銅鎮，也就是這開啟藏寶的鑰匙。

在王成的指點下，馮超把魚吻銅鎮的底座輕輕扭動，使得魚口開了一道口子。他慢慢將魚吻銅鎮探入狻猊口中，依照著王成的說法，將魚吻銅鎮的那道口子對準狻猊口中的一支簧片，用力往裡一推，將簧片沒入銅鎮魚口。當簧片頂住了魚吻銅鎮的底部機關後，朝著右邊一扭。

魚吻銅鎮就好像是一把鑰匙的柄端，但是內部的構造，是按照簧片的形狀製作的，必須要契合一處，不能有半點的偏差。

「根據記載，打造這個機關的時候，狻猊口中的簧片本是和魚負錢一體打造出來，所以這裡面的細微之處，根本無法進行仿製，只有魚負錢才能夠產生作用。我曾花費了很多心思，試圖將魚負錢重鑄，但都沒能成功。這面石牆，足有四尺厚，而且設有機關，很難強行開啟。我用了近十年的時間，也沒能打開這面石牆，只能隔牆相望，傳說中的藏寶。」

「對了……麥仁，你知道我是怎麼知道這些的嗎？呵呵，說起來還真要感謝你那死鬼老爹。當年他不肯留在洛陽，真的是高風亮節嗎？我告訴你，你爹之所以回來，一不是為了什麼氣節，二也不是吝嗇錢帛。真正的原因，是他在洛陽找到了海西藏寶的秘錄。他急匆匆的從洛陽回來，目的就是想要開啟這座海西藏寶。」

「啊？」

「我兒，可惜他平白便宜了老子。」王成說到得意處，突然間哈哈大笑。

麥仁氣得快要發瘋了，猛然用力想要從武卒手中掙脫，卻被武卒死死的抓住，無法動彈。

「德行高妙，氣節出眾？」王成冷笑一聲，突然呸了一口。「你那老爹的德行，比我等這些盜匪，強不到哪兒去。」

麥仁氣得呼呼直喘氣，偏偏又奈何不得王成。

「你把魚負錢往裡面推，就可以了！」

馮超點點頭，用力再次一推魚負錢，旋即把手抽出來。

只聽嘎吱吱一連串的機關聲響，巨大的狻猊竟開始朝著地下慢慢沉陷。隨著狻猊的沉陷，兩邊石牆微微顫動，並伴隨著一陣粉塵脫落，露出一個隱藏在石牆上面的太極絞盤。絞盤轉動，石牆顫抖不停，並在轟鳴聲中緩緩顫動，向上提升。

長文忍不住驚呼道：「好一個鬼斧神工！」

即便是曹朋，也不禁暗自感慨。這古人的機關術，果然是高明到了極點。這種近乎於匪夷所思的創造，即便是在後世的高科技，也不過如此吧。

厚重的石牆升起，迎面一股陳腐之氣湧來，曹朋等人連忙後退了十幾步，用手捂住了鼻子。

一個巨大的石室，出現在眾人的視線裡。在石室正中央，有一個池子，水池的面積很大，而正中央則矗立一座山。除此之外，再也沒有任何東西，兩邊是兩個水池。

「這是什麼？」陳登走進石室，不由得愕然。看著眼前這座近四丈高，直徑五丈左右的山，有些發懵。

這，就是海西藏寶？沒有琳琅滿目的財寶，也沒有精美光彩的器皿。只是一座山，還有三座水池？這就是海西藏寶？

「想當年，李廣利因妹得寵，被武帝依為心腹。」王成面無表情解釋道：「每次封賞，皆以百萬、千萬錢計。而李廣利更是斂財的高手，在海西建國的時候，幾乎將海西財富全都聚集於一身。他依靠海西占居兩淮，頻臨海邊的優勢，大肆行商，並且將所有的財富，都置於府庫……有記載說，當年李廣利富可敵國，家資更是以十億、百億計。但這些財富，在抄家時並未發現。」

「你是說……」陳登聽聞，不由得一怔，扭頭駭然看著王成。

曹朋好像突然想起了什麼，「我記得一部名為《海西軼聞錄》的書卷中，曾記載說李廣利有一次邀請賓朋，與人鬥富。在酒宴中，他曾頗為自傲的說：我有五銖山，可聚天下財……莫非就是指這座山嗎？」

站在這裡的人都不是傻子，哪裡還聽不明白曹朋的意思？

眼前這座灰濛濛的小山，莫非就是五銖錢堆積而成的銅山？這麼大的一座山，又是多少錢，才能堆積出來……

陳登不由得倒吸一口涼氣。

眾人情不自禁的走上前，圍繞著那座『山』看了起來。

王成突然來到麥仁身旁，笑咪咪道：「我兒，做了你這多年的老子，我決定讓你看點稀奇。」

「你……」

「跟我來。」

趁著大家都沒有留意，王成帶著麥仁，走到旁邊的一座水池旁邊。

這水池的面積，遠比那座銅山的水池小，而且池水發黑，看不清楚裡面有什麼東西。

「這是什麼？」

「李廣利當年有的，可不僅僅是五銖錢，還有許多珍奇寶玉。他將這些財富，就藏於兩座水池裡……一晃這麼多年過去，也不知那珍奇寶玉是否還在？」

「是嗎？」麥仁聽了，不禁有些心動。

他這輩子最好財貨，剛才看到那座銅山的時候，就不禁有些心動。

只不過，他也知道這銅山，恐怕是沒有他的分了！陳登既然在這裡，怎麼也不可能輪到他。

不過，對於財貨的貪婪，還是讓他忍不住彎下腰，想要看清楚藏在水池裡的財貨。

哪知道，就在他剛探出身子的一剎那，王成臉上露出了一抹猙獰的笑容。他猛然撲上去，雙臂攏住了麥仁肥胖的腰身。

「你幹什麼？」

「我兒，隨我一同去尋寶吧。」

王成哈哈大笑，抱著麥仁，就落入了水池中。剎那間，黑色的水池頓時沸騰起來。麥仁啊的一聲慘叫，身上的衣服竟然在瞬息間被腐蝕！那水池裡的黑水顯然具有高強度的腐蝕性。

王成死死的抱住麥仁，任憑麥仁在水中撲騰。

黑水濺在了水池旁邊的地面上，冒出一股白煙。這是，強酸？

曹朋連忙大聲喊道：「大家不要靠近！」

潘璋帶著幾個武卒還想過去救人，聽聞曹朋的喊聲，連忙止步。只見被黑水腐蝕後的地面，出現了一個個淺淺的坑洞，潘璋不由得嚥了口唾沫，臉色慘白。

麥仁在水池裡折騰了幾下之後，便漸漸沒有了聲息。陳登等人駭然看著兩具屍體，在水池中漸漸變成兩具白骨，漂浮在上面，也不由得為之駭然。

馮超臉色平靜，而曹朋則瞇起了眼睛。

「他……」

「想必是薛州自知難逃一死，同時又不忍捨棄愛子，故而……」

長文突然開口，可是卻沒有人打趣。

「陳太守，取出這些寶物的時候，務必小心這池中之水。我猜想，這水池裡面一定還有東西，李廣利只不過是用這種毒水來保護裡面的寶物。看樣子，一時半會兒怕無法取出這些財貨了。」

鄧稷忍不住開口，其他人不禁心有戚戚然，點了點頭。

這突如其來的變故，讓陳登突然失去了發現寶藏的喜悅心情。

「我們出去吧。」他默然轉身，向石室外走去。

三百年的傳說，在今天終於被解開了謎題。

但是，為了這傳說，又丟失了多少人的性命？

曹朋走到馮超身邊，拍了拍他的肩膀，「走吧……也許對你我而言，這是一個最好的結果。」

以麥仁的身分，想要治他死罪並不容易。不管怎麼說，他都是海西的名流。哪怕是販賣私鹽，甚至勾結海賊殺死馮爰，又能怎麼樣？

所有的一切，都只是曹朋的猜測而已，他手中並沒有確鑿的證據。就算是有證據，也不見得能置麥仁於死地，更何況他手裡沒有證據呢！

剎那間，曹朋明白了王成先前那句話的意思：我為你解決麻煩，你幫我照顧好那三萬人。

麥仁，恐怕才是鄧稷在海西，最大的一個麻煩。

現在麥仁死了！馮超的仇報了，鄧稷推行屯田，也不會再有任何阻礙。

因為麥仁這一死，那些海西縉紳就不足為慮。鄧稷有九大行首的配合，足以在海西推行屯田。隨著利益的不斷增長，那些縉紳到最後，肯定也只能向鄧稷低頭。

而這一切，似乎與曹朋已經沒有了關係。他開始考慮，陳登要征辟他去廣陵縣的事情……

走出塔樓後，鄧稷命馮超帶人將塔樓守住。陳登等人則隨著鄧稷，返回縣衙中休息。

鄧稷把海西的情況，一一向陳登闡述明白，並且很坦誠的說明，他在海西進行屯田的目的。

用屯田換鹽引？私鹽合法化？

聽上去似乎有些離經叛道，可陳登也必須承認，這是對目前的海西而言，最好的一個方案。

其實，私鹽販賣一直存在。哪怕是在朝廷綱紀尚存、威信尚在的時候，也有人從事這種事情。以前，官府可以憑藉壟斷私鹽，而獲取豐厚的稅賦，所以在某種程度上，對私鹽也是睜一隻眼閉一隻眼。

可現在，天下大亂，朝廷名存實亡。這鹽稅幾乎廢棄，根本無人理睬這些。

同時，大規模的私鹽販賣也造成治安的混亂。鹽梟們為了保證他們的財貨，收攏流民，為禍一方。就比如麥仁，為了他個人的利益，竟勾結盜匪，殘害官員。這種情況還算好一點，麥仁至少沒有對鄉鄰造成太大的危害。可這並不代表，所有的鹽梟會如同麥仁一樣，恪守一些底線。

把私鹽合法化，就等同於將鹽業重新掌控於官府的手中。同時，還可以推行屯田，使百姓安居，並增加國庫賦稅，似乎是一件三全齊美的事情。

鄧稷考慮的是海西，而陳登所考慮的，則是整個廣陵。

說起來，海西在廣陵郡的地位，其實一直很尷尬。廣陵是一個縣城，位於淮北地區的只有海西這一個縣，其餘十縣全都是座落於淮南地區。這也是海西一直沒能獲得妥善管理的主要原因。

陳登開始考慮，是不是可以將這私鹽合法化，在整個廣陵郡推行。畢竟他是廣陵郡的太守，所要考慮的事情遠遠要比鄧稷多。更何況，他是土生土長的廣陵人。

「海賊平定，三萬人口落戶海西。接下來，你打算怎麼整治鹽業，推廣你的政令呢？」

「下官接下來，有幾件事要做。首先，下官從即日丈量土地，清查人口，此已是刻不容緩。下官準備在年前結束這件事，待來年開春，便進行首批屯田。據海西目前的狀況，首批屯田可達三千頃，足以安置三萬海民屯田……若首批屯田可以推行成功，待來年秋，海西就可以不再依靠從外縣購買糧米，解決廣陵郡糧米之急。」

徐州，本是糧米富庶之地。然則如今，卻出現了糧米短缺的狀況。如果海西縣能解決糧米問題，那麼對於淮南十縣，無疑能減輕許多壓力。

陳登沉吟片刻後，「那第二件事呢？」

「打擊私鹽。」

「哦？」

「海西目前共有兵馬四百餘人，但常置不過兩百。」

執法隊，顯然不能算是常置兵員，而巡兵也不可能長久兵役。

鄧稷說：「所以下官準備組建緝私隊，約兩百人左右，封鎖東海至海西的鹽路，打擊私鹽。」

「還有呢？」

「還有就是開設鹽場。」

「這鹽場，又準備如何安排？」

「關於鹽場一事，下官也考慮了不少問題。這經商的事情，非下官所擅長，所以下官決定，交由本縣黃整、潘勇二人打理。不過呢，鹽場的所有權在官府手中，黃整和潘勇只有經營權。每年繳納費用，並由官府考核其業績。」

「慢著慢著，你說的那所有權，還有什麼經營權，究竟是怎麼回事？」

「這個嘛……呵呵，還是友學提出的方法。」

「那你詳細與我說來。」

鄧稷在花廳中，與陳登詳細講解這鹽場的事宜。

後院裡，曹朋和長文坐在門廊上。長文手裡捧著一個銅質的涮鍋，左看右看，很好奇。

「這就是你說的那個『涮鍋』？」

「正是。」

「好像沒什麼特別嘛。」

「呵呵，這東西不是用來觀賞，是拿來使用……不如這樣，一會兒找人去北集市，看看有沒有羔羊肉，買回來一些。咱們今天就在這裡大快朵頤，讓兄長好好品嘗一下什麼叫美味。」

「哈哈，固所願也，不敢請耳。」

曹朋也笑了。接著，問起一事：「兄長，認識這麼久，小弟還不知兄長大名。」

「你不知道我是誰？」

「這個……我必須要知道嗎？」

長文一愣，也忍不住呵呵的笑了。「確實我有些疏忽！」他呵呵笑道：「我姓陳，不過並非廣陵之陳，而是穎川之陳，我叫陳群。」

章九

征辟

穎川世族，在東漢年間占居了極為重要的地位。

但如果說到東漢末年穎川最傑出的人物，莫過於穎川四長：鍾浩、荀淑、韓韶、陳寔。

鍾浩的曾孫，就是鍾繇。荀淑有八個兒子，名為八龍；他的孫子，也就是荀彧。韓韶同樣是聲名顯赫，不過子嗣並沒有揚名。而四長中的最後一位陳寔，也就是陳群的祖父。

陳群的父親陳紀，同樣是穎川望族名士。

史書上記載，說陳群這個人，清尚有儀，雅好結友，有知人之明。

能夠在史書中得到這樣的評價，足以看出陳群的不俗之處。不過在《三國演義》之中，陳群的戲分並不是很足，只是在劉備入川時，曾登場建議曹操出兵攻打孫權。但由於後來諸葛亮設計，說服馬超起兵，而迫使曹操放棄了陳群的這個計畫。但在此之後，陳群一直深受重用。

而在真實的歷史裡，陳群曾先為劉備所用。

興平元年，劉備為豫州刺史，征陳群為別駕。當時正好陶謙病故，於是劉備準備入主徐州，但陳群卻認為不太合適，還說劉備早晚必被呂布所襲。劉備不聽，執意前往，最終果然如陳群言中，為此劉備感到萬分後悔，卻無可奈何。此後陳群被舉為茂才，而後又隨父親陳紀避居徐州。

穎川陳氏和廣陵陳氏雖然沒有什麼關聯，但是陳珪和陳群的父親陳紀，卻有著莫逆之交。

陳群居住在下邳，可是呂布卻不願意用他。而陳群本人呢，似乎也無意輔佐呂布，於是便得了個閒職，四處遊逛，呼朋喚友的很是快活。

曹朋知道陳群這個人，但並不是很瞭解。他對東漢末年的那點瞭解，主要還是脫胎於《三國演義》。而《三國演義》中，陳群也只是個跑龍套角色。除此之外，曹朋對陳群的瞭解還有一點——後世極為著名的九品中正制，就出於陳群之手。

但如果你去問曹朋：九品中正制是什麼內容?他還真不一定能回答出來。

其實，九品中正制脫胎於九品官人法，由曹操所創立。而後陳群在此基礎上加以改變，就變成了九品中正制。可以說，九品中正制在此後的數百年裡，對華夏有著極為深刻的影響。

當晚，曹朋在家中舉辦了一個小型的家宴。

不過與這時代最常用的分餐制不同，他讓人準備了一張圓桌，而後把銅鍋放在圓桌的中央。

北集市並沒有河套地區的羔羊肉，但是卻有本地餵養的小羔羊。經過屠宰之後，曹朋讓人把羔羊肉片成薄薄的片狀，而後用大盤盛裝，擺放在圓桌的上面。另外還有各種蔬菜，以及曹朋命人特製的作料。當然了，不會有麻醬、味精之類的作料，因為這個時代，還沒有出現這種東西。曹朋也只是讓人用現有的作料進行簡單的調製，而後端上來，別有一番風味。

陳登也是個老饕，更甚於陳群。早就聽陳群說過這種新鮮的吃法，如今既然有機會品嘗，他自然不會錯過。

只放了蔥薑的清水煮沸之後，把鮮嫩的羊肉在裡面來回一涮，很快便熟了……曹朋招呼眾人用餐，陳登和陳群也不客氣，把鮮嫩的熟肉在料碟裡蘸了蘸，放入口中咀嚼，連連點頭。

「這食法雖簡單，卻別有風味。」

「嗯，我倒是覺得，這等天氣，配上這等美味，絕對是一種享受。」

兩個老饕稱讚不已，而鄧稷則不住責怪曹朋，既然知道有這等吃法，為什麼不早一點說呢？

曹朋忍不住笑了，「就算我說了，姐夫你有那胃口食用嗎？」

「這個……」鄧稷也不禁啞然。

曹朋說的是實話，在今天以前，鄧稷可算得上是連軸轉，一直都沒能得空出來。在許都是幫助典韋練兵，而後到了海西，又面臨著重重困難，重重危險。如果不是昨夜將海賊們解決，說不定他現在還是提心吊膽。想想也是，來海西之後，好像只有今天最輕鬆。

「叔孫，你準備推行屯田，我不會反對，但是有兩件事，你必須要答應我。第一，你不能強行屯田，還需鄉人自願。海西縣這些年來多災多難，如今好不容易平定下來，我實在是不希望海西縣再有什麼磨難和麻煩……而且，這樣對你也有好處。海西地方雖不算太大，可那些鄉人在廣陵，畢竟是盤根錯節，很難說清楚他們之間的關聯。如果你強行推廣，惡了名聲，那對你日後而言，可沒有好處。」

陳登這一番話，是為鄧稷著想。

鄧稷也不是那種不識趣的人，焉能聽不出陳登的好意？

「這個請陳太守放心，下官一定會小心行事。」

「這第二件事……」

不等陳登說完，陳群就開口打斷了他的話：「元龍兄，你們這等公務，最好還是在私下裡說。此等美味在前，你居然還有心情說什麼公務，真是大煞風景啊……來來來，叔孫，請酒。」

陳登不禁苦笑，瞪了陳群一眼。

曹朋則開口問道：「陳太守可是擔心，海西有危險嗎？」

「這個……」陳登嘆了口氣，點點頭。「其實有些事情你們也都知道，我就不復贅言。但我必須要提醒你們，你們設立鹽引，使私鹽合法化對海西目前來說，的確是一個好辦法。只是這樣一來，你們勢必會引得一些人的仇視。你們把海西的鹽路控制在手裡，只怕會……」

「東海麋家？」

「這個……」陳登沒有想到曹朋會說得這麼直白。唉，到底是年輕氣盛。

「東海麋家畢竟經營多年，麋竺也不是一個簡單的角色。他如今雖然不再插手家族裡的事務，可實際上，東海麋家始終都是麋竺手中一支極為強大的實力。想當初，東海郡也不是不想收拾麋家，但到頭來，也是淒淒慘慘的離開了東海郡……麋家不僅僅有私鹽，也有人脈。你們若是封鎖海西鹽路的話，勢必會遭受到麋家報復。」

陳登這一席話，其實隱含一個意思。如果麋竺出手報復的話，他雖然是廣陵郡太守，恐怕也不會出手相助。

這其中的環節，想想其實也非常簡單。

麋家祖世販賣私鹽，將兩淮私鹽牢牢把持在手中多年，肯定有他的道理。廣陵正是在兩淮之地，又怎麼可能沒有麋家的人呢？鄧稷若真的控制鹽路，只怕會觸動很多人的利益，到那時候，陳登不見得能夠給予鄧稷太多的幫助。雖然在私下裡，陳登也贊成控制鹽路。

「這個嘛……下官已經有了打算。」鄧稷解釋道：「我離開許都之前，曾聽人說，曹公欲行兵屯之事。我欲效曹公之法，在海西商屯與兵屯並行。農忙時務農，農閒時練兵……正所謂寓兵於農，兵農合一。只要能撐過來年秋天，就算麋家再厲害，我也不會怕他。」

「寓兵於農，兵農合一？」陳群放下筷子，看著鄧稷輕聲道：「莫非叔孫是法家子弟？」

「啊？」

「這寓兵於農之法，與當年暴秦頗有相似。曹公行兵屯，也許還不會被人攻擊；但如果叔孫你行兵屯，傳揚出去的話，勢必會引發爭議。以我之見，你可以推行這兵屯之法，不過當以商屯為主，兵屯藏於其中。同時，你必須要儘快將此策略上疏許都，求取曹公的首肯，否則的話，很可能會給你帶來麻煩。」

陳群這一番話，一下子點醒了鄧稷。他扭頭向曹朋看去，就見曹朋輕輕點了點頭。

鄧稷是個修律法的人，其實哪裡懂得這些？兵屯藏於商屯之法，其實是曹朋給他的建議。

三國時期，的確曾出現過兵屯，而且是出自曹操手筆，只不過由於目前民屯剛剛開始，才不過兩年時間，故而兵屯尚未出現。

至於曹操是否真的提出兵屯的概念，曹朋也不是很清楚，但他知道，若想說服鄧稷兵屯，就必須打著曹操的幌子。陳群說得不錯，如果貿然推行兵屯，弄不好會被曹操懷疑……畢竟，曹操的多疑可是在歷史上出了名的。

寓兵於農，兵農合一，這搞不好真會引起曹操的多心，自己似乎還是考慮的簡單了一些，的確應該上疏許都才是。

鄧稷端起酒杯，「長文，多謝了！」

「那友學至廣陵之事……」陳登突然舊事重提。

曹朋揉了揉鼻子，疑惑問道：「但不知，陳太守為何征我前去呢？」

「這個……實不相瞞，此並非我的主意，而是家父之意。」

「陳公漢瑜之意？」

「正是。」

曹朋有一點懵了！他可以確定一件事情，那就是他和陳珪並沒有任何關聯。怎麼好端端的，陳珪要征辟他呢？

「陳公征我，欲有何用？」

「這個……家父倒是沒有說過，只是說，盡量能征辟友學，前往廣陵。」

曹朋這一下，可真的有些糊塗了。

「陳太守，非我不識抬舉，這件事容我三思如何？」

「這當然可以，不過你最好早些決斷。」

曹朋和陳登的對話，就此結束。

眾人再一次推杯換盞，四個人足足消耗了近六斤的羔羊肉，才算心滿意足的結束了酒宴。其中，曹朋一個人就吃了將近兩斤。

隨著他此前在下邳再獲突破，骨骼生長越發旺盛，而且食量也隨之變得越來越驚人。不僅僅是他，王買等人也面臨這樣的情況。據王買自己說，他現在一頓至少能吃下十個麵餅，差不多兩、三斤之多。如此驚人的食量，更促使了他們的氣血進一步旺盛。

曹朋吃飽之後，在院子裡又活動了一下，便帶上兩個隨從，前往北集市，和王買、鄧範等人商議事情。

第二天，陳登回去了。如同他悄無聲息的來到海西，此時又悄無聲息的離開了海西。

不過，陳群卻沒有走。他留在海西，言明要吃遍曹朋所說的那些美食。

對於此，曹朋自然也不會拒絕。多一個朋友就多一條路的道理，他非常明白。前世，他就是因為自己的交友太過狹窄，以至於在關鍵的時候，只能單槍匹馬的做事，最後累得一個家破人亡；這一世，曹朋刻意改變自己的性格，努力和周圍的人交往，試圖進一步融入這個時代。

陳群也是個好結交朋友的人。而且，他沒有那種世家子弟的紈褲，雖然骨子裡帶著一股傲氣，卻也是要看和什麼人結交。比如在面對黃整、潘勇這些人的時候，陳群往往是不屑一顧，但轉過頭，和濮陽闓、步騭這些人聊天的時候，就顯得極為清雅，彬彬有禮。至於和曹朋在一起，陳群更像是一個老饕，而且很活潑。

和陳群結交，用後世的話說，是一樁很『爽』的事情。

陳群學識過人，博古通今。他好說，但是卻極有分寸……曹朋很少從他口中聽到什麼點評時局的話語，也很少說當今天子的是非。凡涉及朝堂的事情，陳群都會用一種非常圓滑的方式轉換過去。而且，他不說劉備，不說呂布，只說一些風土人情。但如果你仔細去深思，就會發現陳群的話語中，有著極為鮮明的觀點。

他，擁曹！

對此，曹朋心知肚明，卻不會當面點破。

麥仁突然死亡，引發了海西不少縉紳的憂慮。

短短幾天的時間裡，海西鄉老縉紳便分化成兩派，一派是堅決不肯出讓土地和人口，另一派則慢慢開始支持鄧稷。

辜月中下，鄧稷下令開始丈量土地，清查人口。反對派依舊是立場堅定，支持派則主動配合。至辜月下旬，海西九大行首紛紛交出了手中的土地……

從九大行首的家中，清查出近三千莊戶。這些人，被統一登記造冊，正式成為海西的百姓。十二月初，郁洲山第一批海民共八千人，乘船抵達海西堆溝集。鄧稷命步騭親自主持安置，隨後不久，八千海民便入住屯田，成為海西民屯的第一批參與者。

一時間，小小的海西縣，竟凝聚了無數人的關注。不僅僅是陳珪、陳登父子開始關注海西的事態發展，並有許多人，包括下邳、東海，乃至於與海西相隔下邳的沛縣，也把目光投注於海西這小小的彈丸之地。

海西縣，一下子變成整個兩淮地區的焦點。

鄧稷，一個對許多人而言，是極為陌生的名字，開始被人們關注。

這個人的崛起，似乎頗有些戲劇性。

他原本只是南陽郡棘陽縣的一個小小胥吏，後來不知道怎地到了許都，並與許多人有了交集。汝陰太守滿寵、軍師祭酒郭嘉、尚書荀攸、侍中荀彧……這些人，似乎都和鄧稷頗有關係。

而且鄧稷在許都曾協助典韋練兵的事情，也被人翻了出來。於是獨臂參軍、獨臂督郵的名號，漸漸開始響亮起來。之後，鄧稷還是隱墨鉅子、如今少府諸治監監令曹汲的女婿，也被人查探清楚。在一年前，鄧稷的名聲還不響亮，可一年之後，他已經開始主政一方，並且成績斐然。

不過，正是因為鄧稷的光環，使得曹朋這個名字，除了少數人知曉外，並沒有傳揚開來……

沛縣府衙裡，一個中年男子正眉頭緊鎖，一臉的憂慮之色。他一身華美錦服，身材高大，相貌很俊美，給人一種寬厚和藹之色。不過，如果說到最為顯著的特徵，還是那雙頗有福氣的耳朵——耳垂很大，而且很厚實。

如果按照後世相法裡的說辭，這是招福雙耳。

花廳裡，還有幾個人。

華服男子端坐中央，在他身後，一左一右各有兩個魁梧的彪形大漢。

一個身穿鸚哥綠戰袍，美髯垂胸，棗紅色的面膛，臥蠶眉，丹鳳眼，有一股駭人的氣勢。而另一個則是一身黑袍，豹頭環眼，亞賽鋼針般的絡腮鬍，張顯著剽悍之氣。

黑袍黑臉男子雙手抱胸，和那紅臉男子靜靜立於華服男子身後，活脫脫哼哈二將一般。

「公佑，到底是怎麼回事？不是已經安排妥當了嗎？又怎會突然發生這種事情……麥仁突然亡故，海西鹽路突然封鎖？」

「主公，此事著實有些古怪，也怪不得公佑。」坐在花廳下首的一名男子起立，躬身一揖。

「我們誰也沒有想到，那海西令竟然如此棘手。公佑當初和我說的時候，我也沒有太過在意，但為了保證軍糧兵械的及時，我甚至還聯絡了郁洲山海賊。哪知道……三千海賊在海西盡沒，薛州、管亥也戰死身亡。海西幾乎是在一夜之間，迅速強大起來，而且還封鎖了我們的鹽路。我已派人赴東海，連發了三批貨物，但不是被海西縣查沒，便是離奇的不知道去向……兩淮鹽商，已有些騷動，如果不能儘快解決海西事務，只怕會對主公產生巨大的影響。」

「這鄧稷，倒是個人才。」華服男子突然開口，可誰也沒想到，居然是這麼一番言語。

「主公之意……」

「要不然，派人和他接觸一下，刺探一番？」

孫乾試探道：「我與那鄧稷的妻弟，曾有一面之緣。只是……」

「只是什麼？」

「當時我想要給鄧稷一點教訓，所以便與呂布假子呂吉聯手，設計陷害。不過也不知怎地，被那小子躲過。我感覺到，此人似乎對主公頗有些敵意，所以才與子方商議，解決鄧稷。」

「公佑，你為何不早說與我知呢？」

孫乾低下頭，沒有回答。

黑袍男子突然道：「一殘臂兒，哥哥又何必擔心。小弟願領一支人馬前往海西，取了那殘臂兒的狗頭，獻與哥哥。殘臂兒一死，鹽路自通。」

「這個……」華服男子露出躊躇之態。

建安二年的冬天，彷彿一下子火熱起來。

曹操在宛城打得是熱火朝天，張繡步步後退，憑藉穰城堅守，抵禦住了曹操凶猛的進攻。與此同時，已退守淮南的袁術，也不甘心就此退出。在竭力安撫淮南世族的同時，袁術又放下姿態，主動派人往徐州，與呂布修復關係。他向呂布提出了結親要求，希望他的獨子袁曜能迎娶呂布之女呂藍。

呂藍，也就是呂玲綺。

瘦死的駱駝比馬大，袁術如今雖然已成為眾矢之的，可畢竟出自袁家四世三公之名，始終猶如一個光環，吸引著很多人。這其中，自然也包括呂布在內。袁曜迎娶呂藍，而且還是以正妻迎娶，這對於一個普通人而言，無疑有著巨大的吸引力。哪怕和袁術反目，呂布還是為之心動。想他不過一個庶民出身，雖為一方諸侯，但始終不為他人接受，如果能和袁術結親，說不定能夠提高自己門楣？呂布選擇性的忽視了袁術反賊的身分。

好在，呂布糊塗，他身邊的人倒是不糊塗。

哪怕是陳宮曾對袁術看好，這時候也不同意呂布和袁術結親。但袁術又不能得罪，即便他身為反賊，也需要小心對待，畢竟那袁術手中還存有實力……於是陳宮選擇了一個『拖』，既不反對，也不同意立刻結親。

袁術見結親一時無望，旋即又想出一個主意。他表示願意提供軍糧兵械輜重，和呂布一起出兵，夾擊沛縣劉備。

劉備占居沛縣，對袁術始終是一個危險。特別是沛縣節制汝南，遙望淮南，袁術如鯁在喉。呂布這一次，終於沒能抵禦住誘惑，下定決心，征伐劉備。

建安二年十二月，呂布命中郎將高順率陷陣營，與張遼聯手，攻取沛縣。

別看劉備了得，說實話呂布還真不怕他。用後世蔣公中正的一句話：打仗，你不行，玩陰謀，我不行。

當然了，呂布是絕對不會認同自己比不過劉備。

同月，泰山賊臧霸劫掠琅琊國國相蕭建大批軍資。按照之前他和呂布的約定，所獲軍資應分與呂布一半。可是臧霸卻遲遲沒有動靜，呂布等得不耐煩，於是決定親自前往泰山討要。

張遼試圖阻止，勸諫說：「這種事情，派個人過去就是，君侯又何必親自前往？如果引起了誤會，反而不美。萬一得不到軍資，豈不是對君侯的聲譽造成影響？君侯三思。」

對此，呂布並沒有往心裡去，而是堅定的把張遼趕去和高順攻打劉備，自己則帶著魏續和侯成，前往泰山。

海西衙堂書齋裡，步騭正飛快的計算著一個月來的收支，口中報數，戴乾記錄。

曹朋則坐在一旁，好奇的看著步騭手邊的東西。那是一個白色刻板，一共分為三個部分，上下兩個部分放置遊珠，而中間部分則是用來確定算位。

這個工具，就是算板。

而步騭用來計算的方法，也就是東漢末年時流行的十四種算法之一：珠算。

不過，算板和曹朋後世所知的算盤，不太一樣。其中最大的區別就在於，五珠算板並非串珠算盤，所以只能叫做珠盤或者盤珠。把塗有不同顏色的算珠，放在一排排縱向弧形凹槽中，透過一些計算方法，來調整算珠，進行運算。

而戴乾呢，則是把一個個數字記錄在帳冊上。

東漢末年的帳冊，同樣只是簡單的計數，比如某某項支出多少錢，某某項收入多少錢之類的文字記載。把這些數字記錄之後，再進行統一的計算，往往需耗費很多的時間。

曹朋在一旁看得有些迷茫，連連搖頭。

「阿福，你搖什麼頭啊？」

「這東西計算起來太麻煩了……」

步騭停下來，歪著頭看著曹朋，「阿福，難道你有更好的辦法嗎？」

「這個……其實，我覺得可以將這些算籌串起來，這樣撥打計算也會容易很多……胡班！」

「喏！」隨著曹朋一聲喊喝，胡班一路小跑，進入書齋。「公子，有什麼吩咐？」

「你去北集市的木作行，讓潘勇給我送來一個手藝好的木匠，我有東西要做。」

「喏！」胡班二話不說，扭頭就走。

陳群則蹙眉看著曹朋，「阿福，你又想搞什麼？」

「哦，做個小玩意兒。我只是覺得他們這樣計算，實在是太麻煩了。」說著話，他走到戴乾的身邊，「戴先生，讓我來如何？」

戴乾為人剛直，但平時的性子倒是很溫和。聽聞曹朋這番話，他忍不住笑道：「既然如此，那我正好歇息一下。」語氣裡還是帶著一點點的輕視，不過這無關人品，戴乾更多的是覺著曹朋貪玩胡鬧。

算法，在當時也是一門學問，可不是什麼人都能學會。

曹朋鋪開一張紙，卻沒有用毛筆，而是用一枝硬筆在紙上迅速劃出一個表格，猶如後世的帳本形式。說實話，他不懂什麼財會！但正所謂沒吃過羊肉也見過羊跑。在上一世那個所謂的經濟為先的社會中，曹朋多多少少也聽說過『有借必有貸，借貸必相等』的記帳法則。

「子山先生，可以開始了！」

戴乾一看曹朋這是要玩真的，不由得急了，想要上前阻攔。

哪知道，陳群卻攔住了他：「戴法曹不必擔心，看阿福這樣子，似乎有點把握。這孩子滿腦子稀奇古怪的東西，你且讓他試試看……就是出了錯，了不起你重新計算就是。」

戴乾想了想，似乎也是這麼個道理。反正也不會當真，這只是初步計算，以後還要再整理復核。了不起，就當是返工好了！

步騭饒有興趣的看了曹朋一眼，「如此，那就開始了。」

他飛快的進行運算，口中報出一個個數字。而曹朋也是下筆如飛，在紙張上迅速記錄起來。

大約一炷香的時間，一張紙記錄滿了。

曹朋把紙張遞給了戴乾，戴乾一看，頓時怒了！

「友學，你這寫的是什麼鬼畫符？」

「戴先生你莫急，聽我解釋。」曹朋連忙阻止住戴乾想要撕紙的行為，拉著他到案子旁邊。

步騭和陳群也走過來，俯身看去，只見那紙張上寫著一溜溜的符號，但卻不知道是什麼意思。

「這是數字的簡略寫法，這個是一，這個是二……」

曹朋記錄數字的方法，是按照後世的阿拉伯數字書寫。

他解釋道：「這是個位，十位，百位，千位……我們只需要在這些算位上記錄下數字，便可以一目了然。這邊是支出，這邊是收入。我們分開記錄之後，只需要把兩邊相加……比如支出這一欄：昨天屯民糧米花費了這麼多，房屋建設花費了這麼多，最後加起來，就是昨天一共的支出數字。然後收入以此類推……呃，兩邊算出來之後，再一加減即刻算出收益。我算一下啊，按照這樣的算法，昨天我們其實……嗯，基本上，我們是負收益……」

屯田之始，必然是支出大於收益。這一點，曹朋等人都心知肚明。

好在之前抄沒陳升的家產，後來又透過變賣的手段，使得府庫一時間倒也不必擔心費用問題。而這一段時間，海西縣透過封鎖鹽路、打擊私鹽，又沒收許多鹽產。

把私鹽沒收之後，鄧稷便迅速將私鹽轉換為鹽引，透過黃整等人的途徑，變賣成了糧米輜重和錢帛，可相比之下，支出還是大於收入。畢竟這屯田需要大筆的投入，特別是三萬海民源源不斷的進入海西縣，也使得財政方面略顯緊張。但總體而言，堅持到來年收益，問題不大。

而且海西人的情緒也很高漲，對鄧稷的政令，遵從大於反對。

步騭和戴乾看罷，不由得感到驚奇，包括陳群也很震驚，三個人圍在書案旁邊，低聲交談，對曹朋這種全新的記帳方法連連稱讚。

其實阿拉伯數字之類的，他們並不是很在意，他們在意的，是曹朋這種記帳的方式。畢竟此前他們記帳，是把支出和收益混合記錄，而後進行計算，曹朋這種分開的記帳方式，倒是比之前的記帳方法看上去更加簡化、更加清楚。

支出了多少，做什麼用途；收入了多少，如何收入，一目了然，清清楚楚……

「好，這法子果然巧妙。」戴乾不由得連連讚嘆。

這種分類記帳並不複雜，只不過當時人在局中，慣性使然，沒有考慮太多。而且算法之類的東西，都是庶民之學，雖然也有人鑽研此道，卻是游離於主旋律之外，故而大多數士人是不願意在這上面花費心思。

「阿福，你要做的那東西，難道和這個有關？」

「呃，做出來你們就知道了……」曹朋搔搔頭，有些靦腆的回答。

這也讓戴乾、步騭兩人，心中更多了幾分好奇和期待。

午飯過後，陳群拉著曹朋，要出門散步。

曹朋最近也沒什麼事情，海西一切事務，逐漸進入軌道。鄧稷現在是全力進行土地丈量和人口清查的工作，濮陽闓陪著他，可算是走遍了海西的每一處角落。而安置屯民、清理財貨等事務，則由步騭和戴乾兩人負責。北集市的商業收入，也不需要曹朋費心，由九大行首統一收取，而後交由曹掾署，再由曹掾署送交縣衙。王買和鄧範在那邊，曹朋自然很放心。

城中治安，交由潘璋負責。城外駐紮兩百武卒，歸郝昭訓練。至於周倉和夏侯蘭，自然也空閒下來，兩人一個負責留守城內，一個隨鄧稷在外，並不繁忙。

總之，就海西目前的狀況來說，曹朋可以插手的空間，越來越小。

只等屯民安定下來之後，海西就算是完全走上軌道。不過曹朋估計，要想在海西完全展開工作，鄧稷還需要時間和努力。海西縣的縉紳，有一部分已表達出願意配合鄧稷的想法；但還有不少縉紳，依舊不同意釋出土地和人口……不過這並不重要，只要鄧稷做得好，來年其他人都獲得了豐厚收益，自然會有人動搖。到最後，哪怕還剩下個別縉紳頑固，也難以造成什麼影響。按照曹朋和鄧稷的商議，海西只需要有六成土地進入屯田，便已足夠。

更何況，隨著人口增加，海西大可以進行開荒。到那個時候，個別縉紳的意志就不再重要，不願意屯田，那就隨他們去……不過這些事情，就要看鄧稷個人的能力！曹朋能幫的已經幫了，說實話再進行下去，他未必能比鄧稷做得出色。

暮冬時節，天氣越寒。乞寒日已經開始，也預示著春天即將到來。大地雖然依舊一派荒涼，可是行走其上，隱隱約約能感受到孕育其下的勃勃生機……

曹朋和陳群都騎著馬，信馬由韁。

「阿福，元龍的邀請，你準備怎麼辦？」

曹朋搔搔頭，「我不知道。」他側臉看著陳群，「兄長，我其實……我其實就是有點不明白，陳公為何突然要征辟我呢？」

他說的陳公，可不是陳登，而是陳登之父，陳珪。因為陳登征辟曹朋，據說是陳珪的意思。曹朋不免有些忐忑，不知道這陳珪征辟他，究竟是什麼用意。

「這個……」陳群猶豫了一下，看身後夏侯蘭帶著十名親隨，有一段距離。

他輕聲道：「阿福，北集市組建行會，是出自你的手筆吧？還有，此前叔孫的一應行為裡，都帶有你的痕跡……其實，有些事情不需要說明白，我們也能看出一些端倪。不是說叔孫才學不夠，我和他接觸這段時間，自認對他也有瞭解。叔孫此人，長於細節，而格局略顯得小了些，這可能和他修刑名有關，所以做起事來，不免有雕琢痕跡。就變通而言，他似乎還是差了些。」

「其實他來海西，我大致上也能猜出一二。留在許都的話，他只能在大理做事，需要打熬資歷……於叔孫來說，不免有些可惜了。故而才會有他取代梁子虞來海西赴任，磨練之意更重，對嗎？」

曹朋聽聞，不禁沉默。

「陳公曾與我說，叔孫來海西之後，所作所為，頗有神來之筆。然則與他相見，並懇談之後，陳公以為，那些神來之筆非叔孫所能想出。當時陳公就說，叔孫身邊必有人相助。可那時候，叔孫身邊的人並不多，步騭和戴乾都沒有來，只有濮陽闓一人耳。但陳公認為，濮陽先生才學雖好，書生氣卻重了些，恐怕也不是叔孫身邊之謀者。於是陳公對海西一直關注，最後發現了你……你可知道，陳公如何知你？」

「啊……這個，我倒是不清楚。」

「呵呵，因為有人向陳公推薦了你。」

「有人推薦我？」曹朋聽聞，不由得頓時愕然。誰，又會推薦他呢？

「呵呵，就是那襄陽水鏡先生。」

「司馬……徽？」

「正是。」陳群見曹朋一臉迷茫，便認真解釋：「德操先生對你，其實很看重。後來你因得罪了黃家，不得不離開南陽，德操先生感到非常可惜。當初小龐尚書有意收你為門生，德操先生也很贊成。只是……你雖然離開南陽，但德操先生對你還是很關心，更派人打聽了你的消息。」

「打聽我的消息？」

「德操先生說，你有天資，前途不可限量。他害怕你荒廢了學業，所以在得知你來廣陵後，便派人與陳公聯繫。說起來，德操雖是陳公晚輩，但甚得陳公看重。既然德操推薦了你，陳公自然對你有所關注……本來陳公並不確定你便是叔孫背後的謀者，可後來麥仁去告狀，卻使得陳公確認了這件事情……」

「呵呵，陳公征辟你，有兩個目的。這第一個，叔孫有才學，但還需要磨練。器宇可以隨著經歷而增長，可如果你一直留在他身邊，叔孫不免凡事會對你有所依賴，難以真正決斷。欲成大器，叔孫就必須要學會自己面對事情。之前海西複雜，你兄弟二人一起，可以相互扶持；但是現在，海西已逐漸穩定，你繼續留在叔孫身邊，對他並無益處。」

這一點，曹朋還真沒有想過。

「那第二個呢？」

「海西……太小了！」陳群笑呵呵的說道：「你留在海西這等地方，同樣對你也沒有任何益處。廣陵雖說也算不得太大，可畢竟地處兩淮，夾在下邳、江東、淮南三地之間，勾連江東與中原。陳公認為，你在廣陵，眼界會比留在海西開廣很多，對你的將來，一定會更有益處。此前，我還不是太相信，但今日見你奇思妙想，倒是覺得陳公所言頗有道理。」

此長者關愛！

東漢末年，士人其固有的狹隘性，但同時也有著後世人難以比擬的包容性。似陳珪、司馬徽這樣的人，看待事情的角度和普通人不一樣。他們愛才、教才，雖然也懷有私心，但總體而言，卻不會有太大的惡意。他們對人才的關愛，絕對是發自於他們的本心。

曹朋聽陳群這一番言語之後，也不由得陷入沉思。

是啊，留在海西，意義的確已不太大。可是這一走出去的話，也就代表著，自己將會從幕後站到前臺。雖然說這一天早晚會到來，但這突然一下子，曹朋還是有些彷徨。

去廣陵？去得到更多歷練？我，已經做好準備了嗎？

想到這裡，曹朋不由得深吸一口氣，而後用力的吐出……

章十

二姝相逢

入夜後，鄧稷帶著滿身的疲乏，回到縣衙。

屯田的推廣總體而言還算順利，但其中的艱辛若不親身經歷，一般人很難體會出來。一些本地的頑固派，還是會跳出來設置重重阻礙。

這是個水磨工夫的活兒，需要有極大的耐性。

好在鄧稷已經在海西樹立了自己的威信，加之周倉帶著一部分人跟隨，那些縉紳雖然刁難，卻也不敢太過分。畢竟鄧稷也不是個任人欺凌的主兒，能在一夜間把三千海賊擊潰俘虜，又怎可能容得他們隨便拿捏。

鄧稷以胥吏出身，也算是從基層起來，所以對一些縉紳的無理取鬧，他盡量保持克制。而那些縉紳呢，鬧一鬧也就是了，可不敢再進一步，畢竟這城外還駐紮著兩百剽悍武卒。

濮陽闓相對輕鬆一些，主要負責的是那些已經廢棄的土地，以及現有的村落集鎮。但饒是如此，濮陽闓回來之後，就睡了！

鄧稷本來打算吃點東西後，也準備早早休息，可沒想到一回縣衙，就見曹朋在府內擺下飯菜，正等著他回來。

主食，是一碗米粥，輔以一些薑蔥作料，再加上一點本地特產的河鮮，切碎了之後，在白粥裡熬煮，於是一碗香噴噴的河鮮粥便呈現在鄧稷的面前。一碗粥入腹，鄧稷感覺舒服了很多，也精神了不少。更重要的是，之前那種厭食的感覺一掃而光，食欲也頓時隨之暴漲。

「這粥，可真不錯。」

「姐夫若喜歡喝，我回頭再琢磨一個方子，交給胡班，讓他每天給姐夫準備一碗。」

鄧稷放下了筷子，怔怔看著曹朋。許久後，他輕聲道：「阿福，你決定了？」

曹朋低下頭，輕輕『嗯』了一聲。在內心裡，他還是覺得很羞愧，當初和鄧稷一起來海西，說是要相互扶持、相互照顧，沒想到……

哪知鄧稷卻笑了，那張清臒的面龐露出一絲暖意。

「其實，你若不決定，我也會勸你。」

鄧稷不是傻子，相反由於多年在基層磨礪，他懂得很多東西。當曹朋說出那一句話之後，他就已經知道了結果。不過，他並不生氣，反而為此感到很欣慰。

「你能自己想通最好！」鄧稷說：「其實這一段時間，我也在想這件事。」

他擺手招呼胡班過來，讓他再去盛一碗粥，而後對曹朋道：「海西太小了！這裡不是你能夠施展才華，增長閱歷的地方。那天陳元龍說起這件事，我心裡已經同意。於你而言，到陳元龍身邊做事可以增長見識、開闊眼界，最重要的是能得到陳元龍看重，對你日後必有極大的好處。而對我來說，來海西之後，得你之助甚多，很多事你看得比我透澈……若不是你，恐怕我已經鑄下大錯，又怎可能在海西站穩腳跟？」

「可姐夫不想這一輩子，都要你扶持。有些事情，姐夫想自己去面對、自己去處理，只有這樣，才能達到奉孝所說的磨礪之功……你在我身邊，固然好，我可以免除很多的困擾，可那並不是我所希望的。如今海西的局勢漸漸平穩，溫侯對沛縣用兵，也使得麋家一時半會兒抽不出手來，所以你也不用擔心你走了之後，我會有麻煩。濮陽先生書生氣雖重，卻盡職盡責，而戴乾同樣也是個盡心之人，足以為我分擔許多問題。」

「姐夫，你難道不準備用子山先生了嗎？」曹朋敏銳的聽出，鄧稷沒有提及步騭。

鄧稷笑了笑，「非是我不準備用，而是我用不得。步先生有大才，而且有遠慮，讓他留在海西，同樣是耽擱了他的前程。我傍晚時去了堆溝集，見到了步先生，還詢問了他的意見。步先生倒是很希望能和你一起去廣陵，說不得可以給你一些幫助。同時呢，夏侯、虎頭和郝昭，你一併帶走，這邊留下周叔、鄧範還有馮超，就足夠了。」

「啊？」曹朋沒有想到，鄧稷做的功課比他還要足，連人手都分配妥當。

「我問過馮超，他也願意留下。他爹馮縣令當年為杜絕私鹽，最終丟了性命，所以他家裡也沒什麼人，早已把海西當成了他的家。我準備讓他接替你出任海西兵曹，從屯民中抽調百人組成緝私隊，專門對付那些私鹽販子；潘璋會接替夏侯出任縣尉，與周叔一內一外，負責海西的治安以及兵事；大能繼續領曹掾署曹掾之職；虎頭跟你走，他也正好可以得到機會，好好歷練一番。總體而言，海西這邊的事情你大可不必擔心。再者說，你到了廣陵，咱們還是能相互扶持。」

海西，始終是廣陵郡治下的一縣。不管曹朋到廣陵出任什麼職務，還是能經常與鄧稷聯繫。

曹朋躊躇片刻後，輕輕點頭，「既然姐夫你都已經安排好了，那我也沒有意見。不過，我這一走，你身邊就沒了照顧的人……要不這樣子，我去屯民中挑選幾個合適的，也好照顧你。」

「欸……」鄧稷笑著擺了擺手，從懷中取出一封書信，遞給了曹朋，說道：「你姐姐託人寫信過來，說是要來海西。她還會帶著小艾一起來，呵呵，我可不敢這個時候惹她不高興。」

看得出，鄧稷和曹楠起於患難之中，感情非常牢靠。

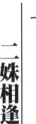

聽說曹楠和鄧艾要過來，曹朋也不禁歡喜，但他旋即又蹙起眉頭，露出一絲憂慮之色。

「姐姐過來的話，那娘親豈不是……」說著話，他打開了書信。

「娘那邊你不必擔心，有洪家嬸子在，娘不會有事。而且郭永的家眷也已經抵達許都，正好能和娘做個伴兒……」

郭永的家人？曹朋眉毛一挑。反正，他覺得郭永再怎樣，都比不得洪娘子貼心。

就著燈光，曹朋拿著那封書信，迅速的閱讀完畢。這封信應該是曹楠託人書寫，因為曹楠並不識得字。信中說家裡一切都很好，父親曹汲在河一工坊也做得非常出色。

特別是此次曹操征伐宛城，曹汲的河一工坊在三個月裡打造出三百口十劄寶刀，令曹操喜出望外。在十一月出征之前，曹汲被封了爵，拜為五大夫，賞田俸二十五頃，另賜宅邸二十五宅。

這『五大夫』，原取自秦二十等爵制度，漢以來延續。不過由於漢武帝時期為籌措戰費，故而二十等爵可以進行買賣，所以其地位已遠不如秦漢之初時那麼顯赫與重要。然則，二十等爵依舊是一個身分和地位的象徵。

根據漢律規定，平民之爵不得過公乘。凡超過部分，必須要返還族人。

也就是說，如果你是一個平民，得了九等爵五大夫，那麼你只能享有八等爵公乘的待遇，多出來的一級爵位，由家人代之。如果你有兒子的話，那麼他就可以獲得一等爵，公士之名。

曹汲一下子被封為九等爵，也就等於從普通庶民一躍變為官吏。

這本身就是一個極大的提高，從現在開始，曹家便不再是庶民出身……

按照二十等爵的規矩，曹汲可以獲得二十五頃土地，但由於許都進行屯田，所有的土地國有化，所以曹汲也無法得到實際的田地，只能享有二十頃土地的糧俸。可對於曹汲這種家庭來說，二十五頃的糧俸已經足夠他們一家人衣食無憂的生活。

此外，由於被封了爵，曹汲還可以獲得一塊宅基地。以漢律，宅基地的標準是，三十步見方的土地為一『宅』。

曹朋看到這裡，也不禁為老爹感到高興。三個月內造三百口十湅寶刀，已足以令曹汲坐穩諸冶監監令的位子。

曹楠的身子已經恢復了康健，兒子鄧艾也開始咿呀咿呀的發聲。她有些不太放心鄧稷一個人在外面，所以身子一康復，便急著要來海西，和鄧稷團聚。對此，張氏倒也沒有反對，作為一個傳統的女性，她也認為妻子應該留在丈夫身邊照顧，而不是長期的兩地分居。

「阿楠信裡說，十一月中便會動身，估計也就是這幾日，就可以抵達海西。」

曹朋搔了搔頭，笑著說道：「如此，我可要恭喜姐夫，一家團圓。」

「你，乾脆等過了新年再走？」

「嗯，我也是這個打算……我和長文兄商議過了，驚蟄之後再去廣陵。」

「也好。」鄧稷露出笑意，「那乾脆等過了藉田之日再走吧。屯田一事，你也是費盡了心思，這第一犁，乾脆就由你來主持。」

「唔……倒也是個好主意。」

曹朋說著話，和鄧稷相視依然，不由得哈哈大笑。

時間過得飛快，眼見著就要到小年了。

這一日，曹朋和王買正在著手處理曹掾署交接的事宜，忽見胡班匆匆闖進了衙堂書齋。

「公子！」

「胡班，慌慌張張，究竟何事？」

「夫人她們到了，夫人她們到了……」

「啊？到了何處？」

「已至十里接官廳。」

「我姐夫呢？」

「今天從郁洲山過來最後一批海民，縣令一大早便過去堆溝集了。小人已派人前去通知，不過害怕耽擱了時辰，所以趕來通知公子，究竟打算怎麼來迎接夫人？」

隨著一批批的海民遷徙海西，郁洲山基本上也處於空置狀態。許儀和典滿已派人過來送了書信，說是許都有急事招呼他們返回，所以送完這最後一批海民之後，他們將直接從郁洲山坐船到伊蘆灣，而後自東海直接返回許都，便不再到海西了。

曹朋倒是能理解。這大過年的，兩個小子不能回家，終究是一樁遺憾事。所以，他只讓信使轉達了他的祝福，並告訴許儀和典滿兩人，年後他會從海西到廣陵赴任。

最後一批海民抵達，自然是一樁大事。這也代表著，困擾海西多年的海賊之禍，終於煙消雲散。所以，身為海西縣令的鄧稷自然要親自到場，負責將這最後一批海民在海西安置妥當。

恐怕就算是派人過去，鄧稷一時半會兒也不可能趕回來。

曹朋想了想，對胡班吩咐道：「迎接的事情就免了，你派人把縣衙打掃乾淨就足夠了！我姐姐也不是個講排場的人，此時就由我來處理。虎頭哥、大熊哥，咱們一起去迎接姐姐？」

「正合我意。」王買當然很開心，曹楠不僅是曹朋的姐姐，也是他的姐姐。

而鄧範呢，同樣很高興。畢竟曹楠在棘陽生活了多年，對鄧範也非常的和善，所以他心裡，早就把曹楠當成了親姐姐。

三個人快步走出曹掾署，各自翻身上馬。

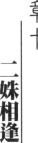

照夜白一馬當先，衝出北集市，王買和鄧範兩人緊緊跟隨。

胡班這邊也不敢怠慢，忙走出曹掾署，準備回去安排。哪知道他剛走出曹掾署大門，還沒來得及上馬，就被人喊住了。

「老胡！」

「啊，是黃行首。」

「老胡，剛才看到曹公子他們三個縱馬狂奔，是不是縣裡出了什麼事情？需不需要我們幫忙？」黃整一臉的誠懇之色，關切的問道。

他剛才正好經過曹掾署，本打算過來商量來年市場管理費的問題，沒想到正好看到曹朋三人急匆匆出去，頓時心裡一動。

曹朋，那是海西縣鄧稷之下的第一人。在許多人眼中，海西能有今日的變化，賴鄧稷之功，可黃整心裡清楚，這最大的功臣實際上是曹朋，而且他聽說了，曹朋已經被廣陵太守陳登征辟，開春就會去廣陵縣就職。

雖然還不清楚曹朋到廣陵縣，究竟會擔任什麼職務，可是從廣陵縣傳來的消息，陳登對曹朋似乎非常看重……

鄧稷在海西縣，可謂一手遮天。雖然有些耆老縉紳時不時跳出來折騰一下，搗搗亂，可實際上並不能造成什麼影響。鄧稷的退讓，並沒有給他惹來什麼麻煩，因為鄧稷已經向所有的海西人，展現了他強勢的一面，不管是早先與陳升的衝突，還是後來面對海賊犯境的從容不迫。

一個殺伐果決的人，豈會害怕一些耆老？

而負責清理海西藏寶的那些陳氏族人，也都是站在鄧稷一邊。這說明，陳氏家族目前至少是支持鄧稷的。

鄧稷退讓，反而襯托出了他的高風亮節。

用海西人自己的話說：鄧縣令連海賊都不怕，還會害怕那些老東西嗎？

甚至還有一些傳說，說鄧稷的胳膊就是在與山匪盜賊搏鬥中被砍掉……且聽說他在軍中，也頗有威望。

這是一個有手段、有靠山，而且還有軍中資歷的人！耆老們雖然張狂，也不敢太過分。所以黃整看得清楚，如今海西是鄧稷一手遮天，日後海西還是會由鄧稷，一手遮天……

曹朋三人急匆匆離去，讓黃整心生想法，希望能藉此機會，和鄧稷再拉近一點關係。

胡班說：「哪有什麼事情，不過是我家夫人到了。」

「夫人？哪位夫人？」

「除了縣令夫人，還能有哪位夫人？」胡班忍不住笑了，覺得黃整這問題提的是非常有趣。

「好了，我還得趕快回去打掃縣衙。夫人的車仗已到了十里外接官廳，正往這邊趕來，我要回去準備一下。」說完，胡班便上馬走了。

黃整站在曹掾署門口，摸著下巴沉吟片刻。突然，他臉上露出一抹笑容，轉過身也上了車，對車夫道：「快點，去潘行首家，快一點！」

照夜白如同一道離弦之箭，風一般衝出縣城北門。

沿著官路，曹朋縱馬疾馳。王買和鄧範雖然竭力追趕，可畢竟胯下坐騎比不得照夜白，是越拉越遠。

大約行出五、六里地，就看見前方有一隊兵馬，護送著一隊車仗，緩緩行來。

「前面何人，還不住馬！」有軍士看到曹朋衝過來，連忙上前大聲呼喝。

「吁！」曹朋猛然提韁繩勒馬，照夜白前蹄騰空而起，希聿聿直立，在原地打了個旋兒，輕靈落下。曹朋厲聲喝道：「你們，是何方兵馬？」

這好端端的，在官路上出現一隊兵馬，本就是一樁令人奇怪的事情。

就在這時，一匹胭脂紅從軍中衝出。那胭脂紅顯然也是大宛良駒，毛髮鮮亮，紅得沒有半點雜色。

馬上一員小將，身穿百花戰袍，內襯桃紅甲，外罩一件大紅色披風，在風中狂舞，猶如一團火焰。

「哪個傢伙，敢擋我道路？」小將嬌聲呼喊。

只是那原本應該極有氣勢的一句話，從她口中出來，卻顯得軟綿綿，嬌憨可愛。

曹朋一看那小將，不由得笑了。他安撫住照夜白之後，向後退了兩步，在馬上一拱手，「海西縣兵曹曹朋，見過溫侯女公子。」

小將聽聞，也不由得愕然，立刻停下馬來。

「喂，你認識我嗎？」

曹朋怎麼會不認識眼前的小將？或者，稱呼她為『女將』更合適一些吧！

這小將，就是呂布之女，呂藍。

想當初在下邳時，她曾為自己解過圍。後來在溫侯府中，只聞其聲，未見其人，所以對她的聲音也不是很陌生。呂藍說話的時候，沒有特別重的淮音，也就是徐州腔，反而帶有一絲絲的關中腔，在這一點上，倒是和周倉有些相似。

不過想想，似乎也正常。呂藍應該是生於並州，長於關中，顛沛流離的到了徐州，但早年間的口音已經固定下來。

曹朋笑道：「女公子忘記了？早些時候我在下邳與侯成、魏續將軍衝突，得女公子解圍，朋感激不盡。只可惜一直沒有找到機會當面與女公子道謝，沒想到今日竟在海西與公子相逢。」

對於一個喜歡女扮男裝的女孩子來說，稱呼她公子，可能會更令她開心。
同時，曹朋又有些失落。
難道自己長得就這麼沒有特點，呂藍竟然記不得自己？
「哦……我想起來了！」呂藍粉靨露出笑容，手中銀槍一指曹朋，「你就是那個殺了宋叔叔戰馬，讓他到現在也抬不起頭來的傢伙。」
「呃！」
「喂，你的本事不錯，宋叔叔雖然算不得高手，但在軍中也非常厲害。沒想到居然被你打得那麼狼狽……你叫曹朋是吧，不如我們來過過招，讓我看看你的本事？」
這丫頭，還真是個野丫頭啊！
曹朋聽聞，頓時哭笑不得……
「玲綺，不得無禮。」
這時候，從隊伍中又衝出一匹馬來。馬上端坐一個少女，同樣是曹朋的熟人，祈兒。
很顯然，這祈兒就是呂藍的護衛。
與上一次見面不同，祈兒今天穿著一身水綠甲，外罩一件素面綠底的披風。馬鞍橋上，掛著一支畫杆戟，看這樣子，她的武藝應該是出自呂布。

「祈兒姐姐！」曹朋在馬上，又是一拱手。

「鄧縣令怎麼沒有來？」

「啊？妳們是來找我姐夫？」

「呸，我找你姐夫幹嘛！休得胡言。」祈兒臉一紅，啐了一口。

曹朋這才意識到，自己剛才的那一句話，似乎有些語病。

「他夫人一家過來，難道不來迎接嗎？」

夫人？曹朋愣了一下，旋即省悟過來，祈兒說的應該是曹楠等人。

一輛馬車緩緩駛過來，在隊伍前面停下。只見一名少婦懷抱著一個嬰兒，在一名少女的攙扶下，緩緩走出馬車。

「姐姐？」曹朋一見那少婦，心裡萬分驚奇，連忙下馬迎了過去。

少婦，正是曹楠。

只是曹朋不明白，曹楠怎麼和呂藍她們走到了一起？

「阿福！」曹楠看到曹朋的一剎那，也是萬分驚喜。

姐弟分別雖然只兩、三個月，可是卻恍若隔年一般。曹楠笑容滿面，快走幾步。曹朋連忙過去，伸手便攙扶住了姐姐。

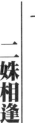

「姐姐，今天是最後一批海民抵達堆溝集，所以姐夫必須要在那邊盯著。我已經派人過去通知，估計他很快就會過來。我也是得了消息，所以才提前過來。姐姐，你們一路可順利？」

「當然順利，有我在，誰敢招惹？」呂藍笑嘻嘻的說道，祈兒也只能很無奈的搖了搖頭。

曹楠不禁笑了，「是啊，若非路上遇到呂小姐，說不定也來不得這麼順利。」

遠處，馬蹄聲響起，呂藍頓時露出興奮之色。只見兩匹快馬風馳電掣般衝過來，呂藍剛想要衝過去攔阻，卻被祈兒一把拉住。

「玲綺，不得無禮。」

「可是……」呂藍還想說什麼，那兩匹馬已經到了近前。

王買和鄧範翻身下馬，朝著曹楠緊走兩步，插手行禮道：「姐姐，小弟迎接來遲，還望恕罪。」

「虎頭，大熊！」曹楠歡聲道，同時上前兩步。「你們兩個，又長高了。」

王買和鄧範的確是長高了許多。王買現在也差不多有一七五靠上的高度，而鄧範更接近了一八〇，兩人都是虎背熊腰，一副雄壯之態。相比之下，曹朋還是顯得很瘦弱，至少從外表看來，渾身上下似乎沒幾兩肉的樣子。

呂藍一噘嘴，輕聲道：「不是說海西很亂嗎？為什麼這一路上連個盜匪的影子都看不見？」

曹朋耳朵靈，呂藍這些話，他聽得很清楚。

這丫頭，難道是想要來打山賊盜匪？

祈兒頗有歉意的朝著曹朋笑了笑，似乎是在為呂藍向曹朋道歉。

「這位是……」曹朋岔開話題，看著曹楠身邊的少女，疑惑問道。

這少女的年紀大概有十二、三歲，看她的穿著打扮，好像是個小丫鬟，卻長得很秀美，雖然含苞待放，可那姿色卻已顯露。

少女身穿一件白色的小棉袍，怯生生站在曹楠身旁，正偷偷的朝曹朋打量。她的眸光恰似秋波，又頗靈動。

「哦，這是郭寰。」曹楠笑著道，然後招手，示意那小丫頭過來。「她是郭叔叔的小女兒……郭叔叔聽說我要過來，害怕路上顛簸，所以就讓阿寰陪我，也能有個照應。」

原來如此！

曹朋朝著那小丫頭笑了笑，那小丫頭卻垂下螓首，羞澀的模樣頗讓人感到憐惜。

但曹朋卻覺得郭寰的這番動作，似有一些做作的成分在裡面。給他的感覺，這小丫頭是在演戲，故意裝出來的嬌柔感。

這是個很有心計的女人！曹朋不免感到有些不喜。

「多謝呂公子一路相護。」

這邊寒暄完了，王買和鄧範與曹楠說話，並好奇的探望正在曹楠懷中熟睡的小嬰兒鄧艾，曹朋則在一旁與呂藍道謝。

呂藍說：「其實也不是啦，我只是心情不好，所以祈兒姐姐帶著我出來走走。沒想到在路上正好碰到了縣令夫人，就一起過來了！夫人人很好啊，和我說了好多有趣的事情。」

呂藍說著話，突然對祈兒道：「祈兒姐姐，我們在海西玩耍兩日，好不好？」

祈兒蛾眉一蹙，似有些為難，「公子，這馬上就要年關，溫侯很快也要回來，咱們在外面……恐怕不好吧。」

「我才不要回去……」呂藍跑到了曹楠的身邊，很蠻橫的推開了王買。「曹姐姐，我和妳一起去海西，玩耍兩日，可不可以？」

曹楠一怔，抬起頭向曹朋看去，卻發現曹朋正在和祈兒低聲交談，心裡猶豫了一下。呂藍雖然有些刁蠻，但整體而言，還是個很乖的孩子，這一路上的接觸，曹楠對她也頗為喜愛。

她不知道呂布是什麼樣的人，但卻知道，呂布是鄧稷的上司。如果能和呂布打好關係，說不定日後鄧稷會過得更輕鬆一點？

這也是這個時代大多數女子的通病。曹楠是為鄧稷考慮，但她對外面的事情根本就不瞭解。

而且，她也不忍拒絕一個嬌憨的女子，於是點點頭，答應下來：「呂小姐若是前去，我怎能不歡迎呢？」

王買和鄧範並不認識呂藍，不過見曹楠答應，他二人也不會有什麼意見。

「姐姐，咱們上車吧，阿福已命人打掃縣衙，正等著妳呢。」

「好，好，好！」曹楠連連點頭，便和郭寰一同登上馬車。

「阿福，咱們走吧。」

曹朋正在和祈兒說話：「呂小姐這是怎麼了？」

祈兒輕聲道：「還不是溫侯為她定下的那樁婚事……」

「婚事？」

「你難道不知道？」

看曹朋一臉茫然之色，祈兒回答：「溫侯為小姐定下一樁婚事，就是和袁術之子的婚事。」

「哦……」曹朋恍然大悟。

對於呂布和袁術結親這件事，《三國演義》也有記載，只不過曹朋一直不太清楚他二人究竟是什麼時候結的親。

在曹朋看來，袁術頹勢已顯，滅亡只在早晚，按照呂布的性子，應該不會和袁術結親。可沒想到……他還是忽視了一個世家大族對呂布的吸引力。哪怕袁術是反賊，那也是四世三公的袁氏子弟，是這個時代的主流群體。

這段時間他還真沒有關注外界，基本上是陪著陳群審視海西的發展狀況，瞭解廣陵郡的具體情形……甚至還以為，他這隻小蝴蝶又產生了效應。

沒想到，呂布最終還是……

「小姐不高興，和溫侯起了爭執。只是前些日子溫侯在家，看管的比較嚴。而如今，溫侯去了泰山，所以小姐就偷偷溜出來。」

「偷溜出來？」

「其實也算不得偷溜，小夫人知道的……否則也不會讓我跟出來。」

看起來，貂蟬也好，呂布的正妻嚴氏也罷，對祈兒很信任。

「那……」

「小姐正憋著氣，估計現在讓她回去也不太可能。如果再跑出去招惹什麼禍事，反而麻煩。倒不如讓她去海西，我派人密報小夫人知。等小姐氣消了自然就會回去，怎麼樣？」祈兒看著曹朋。

曹朋想了想，便點頭答應下來。不管怎樣，呂藍在下邳為他解過圍，祈兒也幫過他，這份人情他記在心裡，不能不還。

而且，呂布的聲譽不好，那是呂布的事情，在曹朋看來，這和呂藍似乎並無太大的關係。就讓呂藍她們暫時留在海西吧，也算是報答貂蟬的恩義……

祈兒見曹朋答應下來，頓時笑了。那眼眉兒笑得成了彎月，格外動人。

就這樣，曹朋跨上了照夜白，呂藍等人也紛紛上馬。

一行車馬沿著官道緩緩向海西縣城行駛。

曹朋身為主人，自然要陪伴呂藍和祈兒，所以就由王買和鄧範兩人跟隨在曹楠的馬車兩旁，並隔著車簾和曹楠說著話，互說這分別後的經歷。

「海西看上去挺不錯啊。」呂藍坐在馬上，好奇的問道：「為什麼我聽人說，這邊很危險？盜匪成群呢？」

「呃，盜匪啊，以前是有的，現在好多了。」

「是嗎？那你姐夫倒是挺有本事……對了，你不是叫曹朋嗎？為什麼曹姐姐要喚你阿福呢？還有還有，我聽說前一段時間，有海賊襲掠海西，是不是真的？」

呂藍活脫脫一個好奇寶寶，不斷提出問題。祈兒微微笑著，自動落在後面。曹朋呢，倒是沒有不耐煩的樣子，很耐心的與呂藍介紹海西。

呂藍臉上的笑容，漸漸多了起來……

「阿福啊，你武藝不錯，不過身子卻有些弱。你看你，這麼單薄，怎麼能做大事？應該像我爹爹那樣，才算是大丈夫。嗯，你以後應該多吃一些，把身子壯實起來，這樣將來就沒人敢招惹你了……你看我爹，誰敢搶他的馬呢？」

呂藍喋喋不休，好像個話癆子。

也難怪，她從小隨著呂布顛沛流離，身邊除了祈兒，就再也沒什麼朋友。曹朋的年紀看上去和她差不多大小，而且言談舉止很溫和，讓她生出好感，也是很正常的事情。

好不容易找到個能說話的人，呂藍自然打開了話匣子。

忽然，前方傳來一陣喧譁騷亂聲。曹朋抬起頭看去，只見黑壓壓一群人正往這邊湧來。

「怎麼回事？」呂藍有點慌了，連忙大聲道：「準備迎敵！」

「呂小姐，不用緊張，是自己人。」曹朋眼尖，一眼便認出來那群人的來歷。

當先幾個男子，正是海西縣的九大行首。在他們身後，有商人，有本地縉紳，黑壓壓足有幾百人。堵著了官道，黃整在最前面大聲道：「海西父老聽聞縣令夫人來到，特前來迎接。」

「黃整，你們搞什麼？」曹朋躍馬上前，厲聲喝問。

黃整一臉的笑容，「曹公子，我們是聽說縣令夫人來了，所以自發的前來迎接。鄧縣令為海西日夜操勞，夫人來了也無法回來。我等小民，雖不能為鄧縣令排憂解難，卻也願出一分心意。你看，北集市一百一十二家商戶都過來了……所為者，就是想表達一番心意啊。」

「你這老貨！」曹朋瞪著黃整。

黃整的心思，他如何不理解？嘴上雖然責備，可是這心裡面，還是有幾分感激。

鄧稷不會回來迎接曹楠，姐姐嘴巴上不說，可心裡面肯定會有一些不舒服。黃整擺出了這個架式，想來姐姐會覺得好受一些。他可不希望鄧稷和曹楠因為這點事情而鬧出不愉快。

「咦，看起來這個獨臂縣令，好像挺得人心嘛。」呂藍對祈兒輕聲道。

祈兒連忙說：「小姐，妳怎麼能這麼稱呼鄧縣令！」

「他……下邳不都是這麼說嗎？」

「鄧縣令不管怎樣，也是朝廷欽命的官員。那些無知之輩不過是嫉妒罷了，所以言語中難免有詆毀和貶低。妳可不能聽他們胡言亂語，回頭見了鄧縣令，一定不能失禮。妳現在出來，代表的是溫侯的顏面，妳若是失了禮數，溫侯也會顏面無光……一會兒妳最好別亂說話，明白嗎？」

呂藍一吐香舌，點了點頭。

曹朋走到馬車旁邊，隔著車簾，和曹楠低聲說了兩句。

對這突如其來的隆重迎接，曹楠也是感到非常驚異。不過，在她心裡，更多的是喜悅和自豪。

這說明，鄧稷在海西做得很出色！

想想一年前，鄧稷還只是棘陽縣一個小小胥吏，而今卻成為受人尊敬和愛戴的一方父母官，這讓曹楠如何不歡喜呢？於是，她在郭寰的攙扶下，懷抱著愛子，走下了馬車。

「小民黃整，見過縣令夫人。」

一、兩百號人同時行禮，那場面也頗為壯觀。

曹楠臉上的笑容，更盛……

「祈兒姐姐，那城頭上掛的是什麼？」呂藍突然拉著祈兒，輕聲問道。

祈兒順著呂藍手指的方向看去，臉色刷的一下子變得煞白。

是人頭！

一顆顆已經被風乾了人頭，在城牆下懸掛著。粗略一眼看去，差不多有百餘顆。

「那是海賊首級。」

「啊！」呂藍捂住小嘴，發出一聲輕呼。

呂布一生戎馬殺人無數，但對女兒卻極為疼愛，從不願讓她看到這等殘酷的場面。呂藍習武就更是花架子，呂布只不過是希望她能強身健體，從未想有朝一日讓她走上戰場殺人。所以別看呂藍咋咋呼呼，她還真沒有見過這麼殘酷的場面，那一顆顆風乾的人頭就讓她的臉色隨之變了。

王買解釋道：「前些日子海賊來襲，那些都是當時被殺的悍匪。如今大批海民來到海西，若沒有些震懾的手段，也很難讓那些人老實……阿福說，殺一人而能使百人安寧，願意為之；殺十人能使千人安寧，願意為之；殺百人可令萬人安寧，願意為之。這也是不得已的手段，等那些海民安頓下來，這些首級就會被處理掉……」

聽完王買的這一席話之後，呂藍的情緒似乎穩定了不少。只不過，她看著曹朋背影的目光，也隨之有了變化。

這文文弱弱的秀氣少年，竟說出這種狠辣的言語嗎？呂藍心中生出一種古怪的悸動。

曹楠也看到了那些首級，但她並沒有感到驚恐，早在來的路上她就聽人說，海西縣很亂。她也是見過世面的人！想當初她和父母被黃射抓住，曹朋和鄧稷安排在半路劫持，那等血淋淋的場面她都經歷過，更何況幾顆風乾了的人頭？

她臉上依舊帶著和煦的笑容，與黃整等人寒暄，只是在暗地裡，她緊握住了曹朋的手臂。從那一排風乾的人頭，曹楠已經能夠想像得出來，在過去的幾個月裡，鄧稷和曹朋在海西過的究竟是怎樣一種生活……

章十一　郁洲山

午後的太陽，很暖。

曹楠拉著呂藍的手，坐在花園裡，輕聲說著話。

在遠處的空地上，曹朋正在和鄧範搭手。隨著他下定決心前往廣陵之後，便開始減少鄧範在曹掾署的時間。

鄧範的身手還不算出色，與王買相比，始終差了一個等級。他習武時間短，底子也沒有王買堅實，雖說身體素質和王買差不多，可這進境始終無法趕上王買。以後，他會留在海西幫助鄧稷。海西不缺高手，比如周倉、比如潘璋，都是少有的高手，而馮超更是箭術超群，雖然王買身手比不得周倉、潘璋等人，但是比起鄧範，還是略微高出那麼一籌。

鄧範和曹朋，是結義的兄弟。曹朋也很希望鄧範將來能獨當一面，可他的身手……

曹掾署的事情就那麼多，若非必要，普通的曹掾吏便能解決，不需要鄧範來出面。至於帳務之類的東西，自有鄧稷派書吏過來幫忙。鄧範所需要做的，就是保證北集市的平穩運行。

這一點，他和王買之前都做得很好。

但日後他不可能一直做曹掾，隨著曹朋等人的不斷前行，鄧範勢必要跟上，否則，小八義遲早會把他除名。即便是曹朋等人不開口，想必鄧範也會感覺到羞愧吧。

所以，曹朋只好盡量把所學的技擊之術傳授給鄧範，日後他去了廣陵，鄧範的功課也不至於落下。

當然了，還有周倉和潘璋會在一旁督促。

祈兒饒有興趣的在旁邊，看著曹朋和鄧範過招搭手。

鄧範使的是八極，而曹朋用的則是太極。別看曹朋動作慢騰騰，看似綿軟無力，卻死死的克制住鄧範的八極拳，令他無處著力。

祈兒從小和呂布習武，這眼力自然不同於一般的人，她能夠看出，曹朋那慢吞吞、軟綿綿的拳腳中，蘊含著奇異的力量，不由得也生出好奇心。

呂藍忍不住問道：「阿楠姐姐，阿福練的這是什麼拳腳？」

「他說是什麼太極，不過我卻是不懂。」

「那他跟誰學的拳腳呢？」

「這個……說起來也挺奇怪。阿福小時候曾遇到過一個方士，而且跟著那方士學了一年。不過我記得，當時他就是學識字而已，也沒有學其他東西，身子骨一直很差……後來也不知怎地，一下子變得厲害了！母親說，阿福是學了神仙術。想必他這些東西，都是源自那方士？呵呵，這種事情，我可是真的說不清楚。」

「以前問過他，但他每次的回答都含含糊糊，我也聽不太明白，後來索性就不問了……管他學的是什麼，都是我兄弟。阿福還是阿福，總不可能學了神仙術，就成了阿貓阿狗。」

呂藍噗嗤笑了！

看著嬌憨而笑的呂藍，曹楠也是頗為感慨。

這麼好的一個女兒家，怎麼就有那麼一個不成氣的父親？

來海西有好幾天了，曹楠終於知道了呂布的事情，心裡面對呂布倒也沒有太多反感，只是覺得呂布這人品，似乎不是太好。同時，也由於呂布的關係，鄧稷對呂藍也不太熱情。

甚至平日裡喜歡往縣衙裡湊的陳群，也因為呂藍的關係，不常上門了。

昨日，陳群返回下邳。年關將至，他要回去陪伴老父。不過臨走之前，陳群和曹朋約好，十五之後他會過來，到時候和曹朋一起去廣陵找陳登。

曹朋沒有挽留，畢竟和家人團聚也是一樁重要的事情。想陳群整日東遊西逛，一年到頭來，也未必在家裡待太久。年關了，陪陪父親，倒也正常。

於是，曹朋送走陳群之後，便開始加緊操練鄧範。

小鄧艾很貪睡！但醒來之後，便會瞪大眼睛，好奇的看著舅舅和叔父練武。同時，他還會坐在虎皮墊子上，咿呀咿呀的比劃，好像是在學曹朋的動作。

只看得呂藍咯咯直笑，那雙眸子，笑得成了一雙彎月，煞是好看。

「阿福，你覺得呂小姐怎樣？」

晚飯後，鄧稷還沒有回來，曹楠拉著曹朋的手，笑嘻嘻的詢問道。

「呂小姐？」曹朋愣了一下，蹙眉沉吟片刻後，「挺好啊。」

「是嗎？」

曹楠突然說：「阿福，你年紀不小了，也是時候準備親事了。」

「親事？」

「對啊，我這次過來之前，娘還和我商量，想要給你定一門親事。」

曹朋一聽就懵了！

我才十四啊，雖說馬上就要到十五，可也不至於這麼早就成親吧……

「姐，這個有點太早了吧？」

「哪裡早？依我看，一點都不早。咱家的條件現在好了，爹娘看著你出息，也高興得緊。他們現在的期望，就是你早些成親，他們好抱孫子。你也知道，咱家人丁少，爹娘也只有你這一條血脈。你若是成了親，爹娘也就了了一樁心事。當然了，娘也不是說讓你馬上就成親，若有合適的，可以先訂下來。」

燈光下，曹楠拉著曹朋的手，耐心的開導。

「這和呂小姐有什麼關係？」

「我是覺得，呂小姐人挺好……就是她那父親……」

「姐，妳還是別操心了！」曹朋連忙擺手。

沒想到，自己老姐居然把心思打到呂藍的身上。

呂藍那是什麼人？她老子可是呂布！且不說他沒有那心思，就算是有，他還怕呂布找他麻煩呢！

呂布……曹朋對此人說不上惡感，也談不上好感。對他那種性情，曹朋很稱讚，可他那人品？倒也不是說呂布三姓家奴之類的問題，而是呂布太功利，太現實。前腳剛和袁術開打，後腳就和袁術結親，這人啊……挺好的一個爺們兒，偏要去搞什麼政治，白瞎了他那一身的武藝！

曹朋搔搔頭，「姐，妳可別亂說，呂小姐可是定過親的……」

「那倒是可惜了！」曹楠嘆了口氣，「那女娃給我感覺挺好。不過我聽說，她幫過你？」

「呃，確有此事。」

「大丈夫要知恩圖報，將來能幫她，你就幫她一把吧。」

「呃……我記下了。」

其實，不用曹楠說，曹朋也會記得。他不僅是欠了呂藍的人情，還欠了貂蟬的恩情。

他日白門樓……呂藍又會是什麼結果呢？

《演義》裡只說了呂布在白門樓被殺，卻沒有提到他的家人。呂藍的命運會怎樣？曹朋是真不知道，可大致上，他可以猜出一個端倪……恐怕不會太好吧。

我該怎麼幫她們？是救下呂布，還是……

曹朋不由得苦笑。

呂布？那是什麼人物！正經的天下第一高手，哪輪得到他去救？

就算他有這能力，又如何說得動呂布？

而且，呂布的對手可是曹操啊！曹朋可真沒那本事。

可眼睜睜看著呂藍和貂蟬遭難嗎？

「阿福！」

「啊？」曹朋想得出神，沒有聽到曹楠的呼喚聲，直到曹楠推了他一把之後，曹朋才算是省悟過來。

「你這傢伙，好端端和你說話，你怎麼發起呆來？」曹楠搖搖頭，有些嗔怪的說道。

曹朋尷尬的笑了笑。

「姐，妳剛才說什麼？」

「我是說，你覺得郭寰那丫頭怎麼樣？」

「郭寰？」

曹朋的腦海中，浮現出一張極為精緻的面龐。

不可否認，郭寰長得很漂亮，而且很吸引人！但總覺得，這小丫頭的心計很重，有時候說話做事，顯得刻意，似乎是在做作，不真實。

曹楠說：「娘滿喜歡她的。」

曹朋立刻警覺道：「那又如何？」

「嘻嘻，娘的想法是，若你覺得那丫頭好，就把她娶過來。」

「姐，妳說什麼呢！」曹朋頓時一個大紅臉，輕聲道：「我和她都不熟，而且從頭到尾，也沒說幾句話，怎麼就……」

「要那麼熟幹嘛？成家過日子，能生養就好。」曹楠嬉笑著說：「不過呢，那丫頭的出身不好，當正房肯定不行……娶回來做個妾，倒也不差。而且那丫頭很機靈，也懂事。你若是喜歡，我就讓娘說項一下。郭叔叔現在跟著父親，幹的也挺不錯，我覺得你們也挺合適。」

「只要是個女子，妳們就覺得合適。」曹朋沒好氣的嘀咕道。

古人可真是腐敗啊！這老婆還沒娶，就琢磨著納妾？更何況，我還小啊……

「姐，天不早了，我得回去看書。」

曹朋知道，沒法子再談下去了。看曹楠這樣子，指不定談下去又會鬧出什麼鬼點子。這一轉眼，可就蹦出來兩個女子了！

而且，你還和她沒法子講道理。這年月就是這習俗，十四、五歲成親，也是稀鬆平常。

曹朋狼狽告辭，走出了房間，迎面就見郭寰走來。小丫頭看到他，臉一紅，螓首低垂，頗有風韻。

這小娘才多大點？就這麼媚人了！

曹朋尷尬的和郭寰打過招呼，狼狽的離開了縣衙。

由於呂藍她們的到來，曹朋便讓出了自己居住的跨院，搬去曹掾署，和王買、鄧範一起住。一路上，曹朋的思緒有些混亂，不住搖頭苦笑，對曹楠剛才提起的那些事情感覺頗為無奈。

本以為，這件事到此為止，哪知道第二天一大早，鄧稷派胡班過來，把曹朋叫了過去。

「走，去堆溝集。」

「幹嘛？」

「去那邊看一看，今天是二十九，最後一批海民入屯。明兒個年三十，總算是可以了了一樁事情。」

三萬海民入屯，也是個浩大的工程。

短短一個多月便安置妥當，也算是一個不大不小的奇蹟。

曹朋沒有插手這件事，全部是鄧稷在負責。如今聽說這屯民即將全部安置下來，他也立刻生出了好奇心，想要去看一看那些海民安置的情況。畢竟，這一切也算是他一手操作的結果。雖然收尾階段曹朋沒有過問，但是當事情全部安排妥當之後，他還是想去看看結果。

於是，曹朋和鄧稷跨坐馬上，往堆溝集方向行去。

堆溝集，位於海西縣城東，毗鄰大海。由於地形的原因，使得堆溝集成為一處天然的港灣。

章十一 郁洲山

海風習習，頗為清爽。

曹朋和鄧稷縱馬上了一座土崗，可以鳥瞰整個堆溝集。

空曠的港灣裡，擁擠著許多簡陋茅棚。只見戴乾正帶著一幫隸役，安排海民有序的離開港灣。

港灣外，則有馮超、潘璋各領一支人馬，負責送海民前往屯營。海港內，周倉也帶著一批人，負責港內的治安。

八艘海船停泊在港灣裡，顯得很醒目。那些船隻的體積不小，每艘船差不多能容納兩百人左右。

「姐夫，這些船，你準備如何安置？」

鄧稷搖搖頭，「目前還沒想出一個主張……這些船都是薛州的船，也沒有進行過造冊。我留著這些東西，用處也不是很大，所以考慮著，等海民安置妥當後，就把它們全部焚毀。」

「慢著！」曹朋連忙阻止。他想了想，輕聲道：「要不然，把這些船先交給周叔打理？」

「哦？」鄧稷疑惑的看著曹朋，有些奇怪的問道：「留這些船，做什麼用處？」

「有備無患，有總比沒有強……反正養護這些船隻，也不需要花費太多，先留下來唄。」

「可是，也沒人操作啊。」

「這有何難？讓周叔從海民裡徵召些人手就是。這些海民，總有會操舟的，把他們聚集起來，不就有人操作了？」

東漢末年時期，人們並沒有什麼海權意識。而且這時代的船隻，也不可能進行什麼遠洋航行，主要是集中在內海地區。

曹朋可不會造船，他甚至對這個時代的造船業也不是特別瞭解，但下意識裡，還是希望能保留下這些船隻。至於能派上什麼用途，一時半會兒也說不好。

鄧稷搔搔頭，「可把這許多船隻停泊在此地，不免招人耳目啊。」

「郁洲山呢？」

「郁洲山怎麼了……」

曹朋想了想，輕聲道：「說起來，郁洲山如今應該是空置的吧。」

鄧稷點了點頭，「沒錯，三萬海民遷徙海西之後，郁洲山基本上已經空置，也沒有什麼人了。東海郡對郁洲山也沒什麼興趣。據說衛彌也不想派兵駐守，所以那邊如今是一座空島。」

「把海船，停泊郁洲山。」

「啊？」

曹朋沉吟片刻，輕聲道：「郁洲山勾連琅琊、東海和廣陵三郡，我們可以把郁洲山作為一個樞紐，說不定還能有意外收穫。反正我是覺得，郁洲山若就這麼丟棄了，不免有一些可惜。」

對於曹朋的思路，鄧稷是從來不會去費心思琢磨。

章十一 郁洲山

既然曹朋想要占取郁洲山，而如今郁洲山又是一個無人看重的荒島，留著就留著唄。他迅速在心裡做出一個盤算，八艘海船該如何進行安排，所需要的花費又會有幾多……

「既然如此，那我就讓周叔在郁洲山先營建一個營地。」

「嗯！」曹朋點了點頭，「姐夫，咱們過去看看，再和周叔好好商議一下此事。」

章十二 班春

郁洲山建營，只是曹朋突發奇想。事實上，連他自己都說不清楚這郁洲山究竟能有什麼用。

看到那八艘海船的時候，曹朋本能的感覺，郁洲山棄之可惜。畢竟，一個孤懸於外，不受任何約束，而且可以在一晝夜間抵達陸地的島嶼，如果就這麼放棄掉，的確有一些不捨。

至於郁洲山的具體情況，曹朋也不清楚，不過這個島嶼既然可以容納三萬人生活，那麼就一定有它的可取之處，不是嗎？

但想要實施這個計畫，也不可能一蹴而就。至少在目前來說，不太可能。一來，馬上就是年關，估計大家也沒有那個心情；二來，海民入屯之後，開春就是農耕時節。這是海西第一次屯田，意義非常重大，這個時候鄧稷也的確是抽不出精力去郁洲山營建。

章十二 班春

依這樣計算，來年初夏開始操作，已經是最好的預測。所以，曹朋倒也不是太過於心急……

建安二年，隨著除夕的到來，悄然結束。

回想這一年，曹朋也不由得感慨萬千。去年這個時候，他和鄧稷一起到了九女城大營。也就是從那一天開始，自己一家的命運發生了翻天覆地的變化。遇到了魏延，夕陽聚遭遇伏擊；而後救下典韋，又認識了夏侯蘭……也就是在那時候，鄧稷失去了一隻臂膀。

隨後劫囚，逃亡……好不容易到了許都，卻馬上成了階下之囚。只是沒想到，那一段牢獄之災，竟成就了一個傳奇——小八義橫空出世，也使得曹朋在許都結交了一批知心朋友。

隨後，又經歷了許多事情，輾轉來到海西。如今回想起來，恍若如夢啊！

曹朋坐在曹掾署的庭院裡，背靠廊柱，仰望星空。身後，腳步聲響起，他頭也沒回，依舊坐在門廊上。

王買走過來，在旁邊坐下，拿起曹朋身邊的酒壺，喝一口之後，長出一口濁氣。

「阿福，還不睡嗎？」

「睡不著。」曹朋從王買手中接過酒壺，也喝了一口。「明天就是班春，之後再過三天，咱們就得離開海西，前往廣陵。突然有一些感慨，所以想靜一靜……呵呵，咱們到海西，還沒等安穩下來，便又要啟程了。」

「是啊，我也覺得這一年來，如同造夢。一年前的這個時候，咱們還是什麼都不懂的傻小子。除了習武，每天好像沒什麼憂愁事。可如今，地位雖然與早先提高許多，我卻總覺得有些不快活。事事需算計，事事要計較……北集市雖然不大，可每天所見所聞，卻好像包涵無數。有時候，我真的感覺著，很累。」

曹朋聽聞，不由得詫異看著王買。

他發現，他這一年來不停的往前奔跑，卻好像忽視了許多東西。

王買只是個少年！許多在他這個年紀的人，此時此刻正過著無憂無慮的生活，可是自己卻把他捲入了漩渦。如果王買出生於一個大家族，也許還不會產生太多的感慨，偏偏他此前，只不過是中陽山一個獵戶子弟。短短一年，一下子經歷這麼多事情，對王買而言，的確是有一些負擔。

曹朋感覺著，自己有些自私了……

他看向王買，認真說道：「虎頭哥，對不起！」

王買一愣，坐直了身子，「幹嘛說這種話？」

「若不是因為我，你也不會顛簸輾轉，不但連個落腳之地都沒有，還和王伯伯父子分離。」

「欸，你這是什麼話！」王買不由得笑了。「你我是兄弟，再者說了，我覺得現在這生活，倒也過得刺激。」

「可是……」

「阿福，你聽我說。」王買露出莊重之色，盯著曹朋道：「我知道，你將來是做大事的人。我爹也這麼說！我雖然沒甚大志向，可也希望自家兄弟能做出一番大事業。咱們在許都大牢之中，一個頭磕下去，這一輩子都是兄弟，所以你別說什麼『對不起』之類的話，這不是兄弟之間的言語。我和五哥，起於貧賤，大哥他們之所以肯和我們結拜，我知道更多是因為你的緣故。能和你做兄弟，我已經很滿足了……至於其他，都算不得什麼。」

曹朋沉默了！

半晌之後，他突然舉起酒壺，「虎頭哥，讓咱們一起做一番大事業吧。」

說完，他喝了一大口酒，把酒壺遞給了王買。而王買接過來，毫不猶豫的一飲而盡。

啪！兩隻手擊在一處。

「兄弟齊心，其利斷金。」曹朋笑咪咪的說道，王買則用力的點了點頭。

班春，是一個傳統的活動。

每年春天正月，天子會舉行藉田儀式，以鼓勵天下農耕。

在舉行藉田儀式的同時，各地府衙還要舉行『班春』的活動。所謂班春，也就是頒布春令，督促百姓及時進行耕作勞動，以避免耽擱了春耕時節。

《後漢書．禮儀志》記載：立春之日，夜漏未盡五刻，京師百官皆衣青衣，郡國縣道下至斗食令史，皆服青幘，立青幡，施土牛耕人於門外，以示兆民。

四更時，曹朋等人便換上了班春所著的衣衫服飾，一同來到縣衙門前。

此時，海西鄉老縉紳，包括九大行首在內，一應有頭面的人物，早早便聚集在縣衙的門外。班春，是一樁大事，可不能牽雜私人的恩怨。哪怕是有一些人對鄧稷還持有不滿，可是在班春日，也必須要老老實實過來集合。

這是海西縣自興平元年以來，四年間第一次舉行班春。早先由於種種緣由，加之又沒有官府督促，班春活動幾乎被廢棄掉，而今鄧稷開春第一道政令，就是舉行班春活動，也正式向海西百姓表達出了他的信念。同時，也代表著官府的威信，在新的一年中將會重新建立。

黃整、潘勇等人，紛紛向曹朋拱手行禮，他們的臉上帶著濃濃笑意。

過去一個月的時間裡，鄧稷透過封鎖鹽路，將抄沒的私鹽轉為官鹽，而後又開設鹽引，交由黃整等人進行販賣。淮南地區的鹽路，此前幾乎是被蘗家所控制，而今海西封鎖鹽路之後，整個淮南地區的鹽價暴漲，也使得黃整、潘勇等人從中大獲其利。

十二章　班春

同時，正日之後，鄧稷和黃整等人又簽訂契約，在距離海西縣八十里外一處海灣，開設鹽場，煮海製鹽。當然了，這鹽場一應費用，都是由黃整等人所出，並由此獲得了三十年經營權。雖然這一時間，他們還無法看到其中的利益，但可以想像，該會是何等豐厚。

這種種好事，讓海西的商賈們如何能不開心？甚至一些本地縉紳也透過各種渠道，表示出想要參一腳的意願。不過，此刻再想進入，恐怕就沒有早先那般容易，於是已有人開始把目光投注於鹽引……

所以，今天班春，可謂是集中了海西大小所有名流。

近五更時，鄧稷一襲青衣，頭戴青幘，走出縣衙大門。胡班手持青幡，緊隨其後。待鄧稷和海西鄉老們見過後，胡班把青幡交給了曹朋。

可別以為這打青幡是一樁低賤的事情。事實上，班春時節，打青幡的人一定是本地極具聲名者。曹朋先殺陳升，後戰海賊……他曾在下邳鏖戰宋憲，並曾和溫侯呂布交鋒的事情，也被不少好事之人打聽得一清二楚。

在海西縣，若說聲望，鄧稷第一。可鄧稷之下，最具聲望者不是那些本地縉紳，也不是九大行首，而是曹朋。

三萬海民入屯，極大的稀釋了海西本土的力量。這些人從海民變成屯民，從此將過上穩定的生活，所以即便是他們中有親人死於鄧稷、曹朋之手，可是心裡面，並沒有太多的怨恨。當海賊，本就是把腦袋繫在腰帶上的活計，他們殺人，同樣也要承擔被殺的命運……顛沛流離多年，海民們對這種事情，倒也是看得格外清楚。

呂藍在祈兒的陪同下混雜在人群之中，正好奇的向四周打量：「祈兒姐姐，這個鄧縣令很有趣啊！我記得，爹爹在徐州這麼多年，從來沒有舉行過這樣的儀式。妳看這鄧縣令，到了海西之後，不徵兵，也不加賦，反而對耕種之類的事情這麼上心。在下邳，從沒有過這種活動。」

祈兒聽聞，不由得沉默了。這也許就是呂布始終無法獲得下邳人認可的主要原因吧。

徐州原本是何等富庶，錢糧廣盛，在十三州中可謂是名列前茅。可是自從陶謙死後，徐州屢受戰火。呂布來到徐州之後，只是不斷徵兵，不斷增收賦稅，造成徐州大批百姓逃離……呂藍看不懂這種事情，卻不代表祈兒看不明白，畢竟她年長幾歲，經歷的事情也遠比呂藍要多。

陳宮號稱呂布身邊第一謀者，可他出的主意，大都是令呂布窮兵黷武，從沒有過長遠打算。也許來年，可令夫人們建議，使溫侯班春？祈兒這心裡面，完全是另一個打算……

來到海西已有十餘日，在這裡，她們過的倒也逍遙自在。從下邳傳來的消息，泰山郡臧霸由於不清楚呂布的來意，所以不肯開放城門，使得呂布最終無功而返；同時，張遼和高順卻在沛縣大敗劉備，並俘獲了劉備的家眷。這也使得呂布心裡有些失衡。

貂蟬來信說，讓呂藍不要急於回下邳，因為呂布的心情很差。呂藍呢，當然也不想急著回去，否則又要面對那種種不開心的事情，倒不如留在海西縣快活。

看著走在隊伍最前面的鄧稷，看著在鄧稷身後手持青幡的曹朋，呂藍的思緒，一下子變得有些混亂起來……

出城門後，鄧稷依照禮法，祭祀天地，而後命人抬起堆好的土牛。在一陣喧天鑼鼓聲中，人們抬著土牛東行。

《論衡・亂龍》記載：立春東耕。

東方屬木，代表萬物生長，正合了春意。所以春耕需由東而起，才算是迎合天地四時五行。

東行十里，鄧稷止步，只見一片空曠田野中，堆積著上百堆的柴火。鄧稷身為海西父母官，帶著曹朋走到這柴堆中央，先祭祀天地，祈求風調雨順。當天邊泛起魚肚白的光亮時，他大喝一聲：「點火，迎春！」

百餘垛柴火點燃，火光沖天，照映天際通紅。濃煙翻滾，直沖雲霄，人們圍攏著火堆，匍匐地面，開始唱起了帶有濃郁海西風情的迎春曲。火光照映天際，直至天光發白。

百餘頭耕牛集中在田壟一頭，一雙雙眼睛凝注在鄧稷的身上。

根據這習俗，第一犁，應該是由鄧稷來主持。

鄧稷走到耕牛旁邊，抓住轡頭，扭頭對曹朋喊道：「阿福、虎頭，你們過來，咱們一起開犁。」

能夠在海西縣闖出今日的局面，全賴曹朋為他出謀劃策。可以說，這海西縣是曹朋協助鄧稷，一手打下今日的局面。而今，曹朋馬上就要離開海西了，鄧稷希望曹朋和他一同開犁，為海西迎來一個美好的明天。這，絕對算得上是一種榮耀。

「曹公子，開犁吧！」

「是啊，曹公子，請開犁吧。」

黃整帶頭呼喊，一時間田壟地頭上，人聲鼎沸。

海西人也都聽說了，鄧縣令的內弟、之前的海西第一衙內，即將離開海西，遠去廣陵做事。也許他們並不清楚曹朋為海西做了什麼事情，可是他們卻知道，曹朋為海西帶來了安寧和繁榮。無論是斬殺陳升，還是擊潰海賊；無論是整頓北集市，抑或者平抑物價，曹朋都參與其中……只這一點，便足以讓海西人對曹朋懷有一份感激。

「曹公子！」

「曹公子！」

當萬餘人同時呼喊的時候，場面極為壯觀。

曹朋有點懵了，卻見濮陽闓推了他一下，「友學，去吧……這是你應得的榮耀。」
深吸一口氣，曹朋將青幡交給鄧範，與王買一同走出來，朝著四方拱手一拜，頓時歡聲雷動。
曹楠懷抱鄧艾，眼中不由得淚光閃閃。在這一刻，她終於體會到了曹朋、鄧稷他們在海西縣所做的一切努力，心中不由得升起一種驕傲，她輕聲在鄧艾的耳邊道：「兒啊，看，你爹和你小舅舅，多威風啊！」
鄧艾咿呀咿呀的拍著手，似乎也在為父親和舅舅鼓掌喝彩。
「做人當如鄧叔孫。」祈兒突然開口道。
呂藍則目光迷離，看著田壟中的三人。
鄧稷牽著耕牛，曹朋和王買扶著犁，三人在一陣歡呼喝彩聲中，迎著初升的朝陽，邁出堅實的步伐。
「開犁嘍！」
隨著濮陽闓發出一聲呼喊，百頭耕牛緊隨著鄧稷等人，齊聲嘶吼，拉著沉甸甸的鐵犁，為海西縣翻開了一頁嶄新的篇章……

章十三 雲山米行

許都司空府。

曹操正悠閒坐於花廳上，面帶笑容，聆聽荀攸的呈報。

建安二年，對曹操來說，並沒有留下美好的回憶。特別是年初慘敗於宛城，令他失去了長子曹昂，更使得他與相伴多年的老妻丁夫人反目。丁夫人一怒返回老家，曹操至今仍感心痛。年末，曹操再次征伐南陽，奪回舞陰、博望等地，將張繡趕去了穰縣。只因為聽劉表欲興兵，曹操便暫時停止進攻穰縣，命族弟曹洪出任南陽太守之職，屯紮宛城。

懷著喜悅的心情，曹操返回許都，欲與丁夫人修好，哪知道……

開春以來，諸事繁雜。曹操的心情說不上太好，但表面上，卻必須做出一副風輕雲淡姿態，以免令部下憂心忡忡。

「孫伯符自與袁術分離之後，引兵南渡，據會稽，屠東冶，破嚴白虎，自領會稽太守，復以其舅吳景為丹陽太守，以族兄孫賁為豫章太守，其弟孫楠為廬江太守，丹陽朱治為吳郡太守，其勢越發強盛。孫策此子，非孫堅可比，甚知籠絡人心。如今彭城張昭、廣陵張紘為其謀主，又有秦松、陳端等人相助，加之其父孫堅所遺留之部曲，程普、黃蓋、韓當等人亦江東虎臣。此人心甚大，亦非孫堅可比，加之有萬夫不當之勇，在江東極具名聲，不可不防。」

曹操重重的出了一口氣：「此獅兒，難與爭鋒啊。」

如今呂布未除，河北袁紹虎視眈眈，淮南袁術蠢蠢欲動，而劉表、張繡更成了心腹之患。曹操表面上看去風光無比，實則步步艱險。

「諸公以為，何以制此獅兒？」曹操目光灼灼，環視花廳眾人，最後他把目光落在了郭嘉的身上，臉上露出一抹笑意。因為他看到郭嘉神態輕鬆，似乎根本不把孫策的事情放在心上。

「孫策得父蔭，盤踞江東，美號孫郎。其勢雖大，但與主公而言，尚不足以威脅。卑職以為，當結好孫策，使其為主公所用。同時要儘快除掉袁術和呂布二人，奪取徐州與淮南之地，進可攻劉表、孫策，退可守汝南之地，方上上之策。」董昭起身，拱手回答。

「公仁所言，正是我之所想。然孫策年少，正當氣盛之時，如何令其臣服，為我所用？聞此子性情高傲，亦不會輕易就範。」

「卑職有一計，不知當不當講。」

「但說無妨。」曹操端起一只銅爵，飲了一口酒水。

董昭思忖片刻，輕聲道：「孫伯符一心想要恢復其父之榮。當年孫堅一直希望能被冊封為吳侯，主公大可以朝廷詔令，封其吳侯，並與之結親……想那孫伯符雖驕傲，也非不識好歹之人。他父仇尚未報，而劉表占居江夏，也是他心腹之患，必可領主公好意，感恩戴德。」

吳侯嗎？曹操陷入沉思之中。

他倒是不吝嗇什麼封爵，只是擔心這孫策得了吳侯之名，勢必會名正言順，討伐江東各地。一俟被他統一江東，只怕再想征伐，就不太容易。

目光，不經意又掃過了郭嘉，見郭嘉仍一臉輕鬆之色，曹操這心裡多多少少安穩了一些。

「如何與之結親？」

「卑職聞孫策有一族兄，就是那豫章太守孫賁。此人甚得孫策之信賴，堪稱孫策之心腹。孫賁膝下有一女，名為孫熙，年十三歲。主公可令孫賁嫁女與三公子，孫策斷不會拒絕。」

「孫伯陽嗎？」曹操嘖嘖嘴巴，輕輕點頭。「只是與我家黃鬚兒，差了些年紀。」

黃鬚兒，名叫曹彰，也就是曹操的第三個兒子。

曹操如今有八個兒子，其中長子曹昂戰死於宛城；次子曹丕，年方十一歲，極為聰慧，是卞夫人所出，甚得曹操所愛；三子便是曹彰，年方八歲；四子曹植，年五歲。此四者，皆為曹操所喜。五子曹熊，四歲，卻體弱多病；六子曹鑠，和曹熊同歲，只小了幾個月而已；七子曹沖，生於建安元年，方兩歲，尚不懂開口；八子曹據，建安二年出生，還是嬰兒。

曹丕，只怕不太妥當。他畢竟是曹操的繼承人，哪怕曹操現在沒有這個意思，可曹昂一死，曹丕也隨之變成長子。所以，也只有曹彰了！

曹操想了想，沉聲道：「此事容我三思。」接著掃視眾人道：「諸公可還有事情要說？」

「回稟曹公，彧尚有一事需稟報。」

曹操看過去，臉上笑意更濃：「文若，有何事？」

「是關於廣陵郡。司空可記得海西縣嗎？」

曹操一怔，想了想，點點頭道：「當然記得。那海西縣令不就是之前的獨臂參軍嗎？我記得當時你與奉孝可是極力推薦此人，包括公達和伯寧，也對此人讚不絕口。不過近來事情繁多，我倒是沒有留意。怎麼，海西出事了？」

「正是。」

「何事？」曹操呼的直起腰，略顯緊張。

海西，是曹操插在兩淮的一顆釘子，聽聞海西出事，他自然緊張不已。

荀彧笑了！

不僅是荀彧笑了，包括荀攸、郭嘉等人，也都笑了。

「你們笑什麼？」

「主公，海西的確是出了事，但並非壞事，而是好事。鄧叔孫抵達海西之後，除惡霸，滅海賊，誅殺薛州，整治商市，並封鎖了鹽路。同時，鄧稷還遷三萬海民入海西，並決議屯田。此前君明和仲康二子，皆已返回許都，言鄧叔孫已掌控海西，站穩了腳跟。」

「遷海民，屯田？」曹操露出驚奇之色，半晌後突然勃然大怒：「獨臂參軍好不知事，如此妄為，實不可原諒。文若，你立刻手書一封，即日送往海西，對鄧叔孫嚴加斥責，命他休得在海西再生事端。」

曹操這突然變臉，讓花廳裡眾人不由得一怔。

既然曹操翻臉，那就沒有必要再討論下去，所以眾人也就隨之閉口不談。

又商議片刻，眾人散去。

曹操卻喚住了郭嘉和董昭，領著他們來到花園裡，說道：「公仁可知，我剛才為何發怒？」

董昭搖搖頭，表示不太明白。而郭嘉卻笑道：「主公，所為虓虎邪？」

「奉孝果然知我。」曹操一掃先前在花廳裡的冷厲之色，哈哈大笑起來。「公仁，你且與我細細講來，這海西的事情。」

董昭身為司空祭酒，等同於秘書長的角色，所有過往公文都熟記於心，對於海西的事情，倒也不算陌生。於是，他把海西發生的種種事情，詳細告之曹操。哪知道，曹操卻眉頭緊蹙。

「這鄧叔孫身邊，似有人為之謀劃啊！聽之前文若和奉孝所言，鄧稷此人雖有才學，但畢竟小吏出身，這格局有些狹小。我原以為，他若能站穩海西，至少需半年時間。哪知短短數月，他不僅站穩了腳，還將海西控制於手中。此當非他所能……若真有此大才，只怕文若和奉孝早就向我推薦，是也不是？」

「這個……」

曹操笑了笑，「鄧稷身邊，有何人相隨？」

「初時，只陳留濮陽闓為其佐吏……除此之外，似只有一個內弟相隨。」

「內弟？」

「就是河一工坊監令曹雋石之子，名叫曹朋。據說此子頗有才學，早年間還得到鹿門山龐德公所重，只是後來因得罪了黃射，舉家逃離，所以並沒有拜入鹿門山。哦，這曹朋就是那小八義的發起者，也是小八義中年紀最幼者……不過那份金蘭譜，就出自於他的手筆。聽說此子不但與子廉相熟，連妙才也非常讚賞。」

「是嗎？」曹操聽聞，頓時來了興趣。

郭嘉笑道：「此前叔孫赴任途中，曾助妙才將軍剿滅了一夥山賊。據說，正是這曹朋帶人潛入賊穴，將賊人全殲。妙才請他飲宴時，這孩子卻不告而別，只留下一首五言詩。我愛其詩詞豪邁，故也記得內容。主公若有閒暇，嘉可試記之……」

「趙客縵胡纓，吳鉤霜雪明……」郭嘉負手，在曹操面前吟誦，一闋《俠客行》自口中出。

曹操靜靜聆聽，臉色如常。待郭嘉背誦完畢之後，他一言不發，走進園中涼亭坐下。

「果是隱墨之子啊。」他突然一笑，並未做出評價。

可就是這一句話，郭嘉便明白了曹操的心意。

「如此說來，鄧叔孫之謀者，就是那小曹朋嗎？」

董昭搔搔頭，輕聲道：「未曾想，曹雋石有子若斯邪？主公，我可是聽說，這小曹朋武藝高強。此前在下邳時，曾獨鬥呂布帳下八健將之一的宋憲。」

「哦？」曹操頓時又有了興趣。

從九月起，他先攻袁術，後打張繡，幾乎很少歇息，所以消息並非特別靈通。似曹朋和人交鋒的事情，也不會有人去專門稟報，畢竟這事情實在是太小了，小到曹操根本不可能去關注。

郭嘉說：「我也聽人談過此事……而且還聽說，他和呂布交過手？」

董昭不由得笑了，「若他真有此等本領，當初又怎可能被黃射逼得逃走？只怕劉表也不會答應。不過，他的確是和呂布交手，但並非他一人，而是和典滿、許儀兩人聯手。」

曹操極有興趣的問道：「他們支撐幾合？」

「這個……連一個回合都沒能撐住。據說如果不是呂布手下留情，他三人如今怕已丟了性命。為此君明和仲康惱怒不已，把典滿和許儀緊急召回，並嚴令二人不得出門，在家中苦練武藝。」

「連一招都沒能撐過啊……」曹操這興趣頓時少了許多。他搔了搔鼻子，話鋒陡然一轉，「剛才公仁所說之策，奉孝以為如何？」

「我以為，甚好。」

「可是……」

「我知主公心中所憂，但依我看，並不足為慮。獅兒之勇，難與相爭，但他性情暴烈剛直，多隨其父。征伐江東以來，孫伯符與江東士族頗有齟齬，當地宗帥大都是迫於其淫威，不得不低頭。我有一計，可令獅兒喪命，然此事非一蹴而就，需細細籌謀。若主公信我，可將此事交與嘉謀劃，不出三年，嘉必令獅兒命喪九泉，為主公除此心腹之患。」

曹操的眼睛，瞇成了一條縫。眸光閃爍，盯著郭嘉凝視許久，突然間呵呵笑了起來。

「獅兒，命不久矣。」他起身道：「此事就交由奉孝，但願我能早一日聽到佳音。」

「嘉，必不負所託。」郭嘉躬身應命。

董昭也在一旁輕輕點頭，他開始為孫策感到悲哀！木秀于林，風必摧之……孫伯符鋒芒太露，如今被郭奉孝盯上，只怕這小命，真不久矣！可惜了！

初春時節，萬物萌生。

曹朋一行人在班春日的第三天，與鄧稷灑淚而別，離開了海西。

本來，呂藍也想跟著曹朋一同前往廣陵縣，卻被祈兒阻攔。

開什麼玩笑，她可是呂布的女兒！如果真去了廣陵，不曉得又要惹出什麼禍事。再者說，待在海西還好，廣陵距離下邳就顯得有些遠了，莫說呂布不會答應，恐怕貂蟬也不會贊成。

無奈之下，呂藍只好留在海西。不過與曹朋分別時，她還笑嘻嘻的拉著曹朋，要曹朋回來時，一定要去下邳找她，與她說一說廣陵的趣事。曹朋無言以對，只能搪塞著，答應下來。

也不知這一走，還能再見嗎？至少曹朋心裡沒個底！

他知道，曹操斷然不會放過呂布。

如果說此前曹操還對呂布有幾分愛才之意，那麼現在……剛打了袁術，便又和袁術夾擊劉備。如此反覆之人，莫說是曹操不會放過他，就連曹朋也覺得呂布這舉動的確是有點犯傻。

倒也不是說不可以打劉備，關鍵是你怎麼能和袁術聯手？那可是反賊！即便袁術出身四世三公，但反賊就是反賊。你沒看見連袁紹都急急忙忙要和袁術劃清界限？你好不容易脫身出來，偏偏又自己跳進去，曹操若不打你呂布，他又如何奉天子以令諸侯呢？唉，這無腦的呂奉先啊！

這些話，曹朋也只能心裡面想一想，卻無法說出。

離開海西之後，曹朋等人沿著游水南下，在淮浦停留一日，等到了陳群。

曹朋這次前往廣陵，也是做了準備。除了夏侯蘭、王買之外，還有步騭和郝昭隨行。同時，在曹楠的一再要求下，曹朋這次還帶上了一個女人，就是那隨著曹楠一起來海西的郭寰。

曹楠的理由很充分：「你一人在外，總需要隨身有個人照顧。別的人，我不放心！郭寰一家都在曹家，自然是最合適的人選。你若不同意，我跟你去廣陵！」

開玩笑，曹朋怎麼可能讓曹楠隨行！若真是那樣，第一個和他翻臉的，肯定就是鄧稷。

沒辦法，曹朋只好帶上了郭寰。不過他也必須承認，郭寰的確是一個懂事的女孩子，至少走了這一天，她沒添什麼麻煩。

其實，郭寰挺能吃苦。在銅鞮的時候，她就是家生子那種性質。郭永祖世都是侯家的家臣，所以郭寰也吃了不少的苦，懂得察言觀色。她看得出來，曹朋似乎並不想帶她去，可既然跟上了曹朋，那她就必須要懂得曹朋的習慣。因此一路上，郭寰就坐在馬車裡，看護著濮陽闓送給曹朋的那一箱子書，一絲不苟。

與陳群在淮浦會合之後，第二天便渡過淮水，算是進入淮南。

淮南的地勢，與海西有大不同，丘陵密布，此起彼伏，水道縱橫，河路複雜。好在步騭是土生土長的淮南人，所以這一路上，倒也沒走什麼彎路。加之曹朋這一行人人數眾多，郝昭和他那兩百部曲，更是透著剽悍氣質，有些山賊盜匪看到了也會遠遠躲開。

「友學！」渡過淮水之後，步騭突然拉住了曹朋。「我有一件事想與你商量。我……想去一趟盱眙。」

「盱眙？」曹朋不由得有些疑惑，便問道：「子山先生去盱眙做什麼？」

「這個……」步騭猶豫了一下，輕聲道：「友學，你有所不知。我家中沒有什麼人，父母走的也早。小時候，多虧了我族中一個嬸嬸照拂，所以才有今日。以前我是沒什麼條件，所以也幫顧不上，而今……我想去探望一下我那嬸嬸，順便給她留些錢帛，也算是報答昔日恩情。」

「你老家，不是在淮陰嗎？」

「本是在淮陰，只是前些年淮陰動盪，加之我叔父病故，嬸嬸便帶著女兒返回盱眙老家。」

「既然如此，我們就一同前去。」曹朋笑道，而後對陳群說：「兄長，遲一、兩日到廣陵，太守當不會責罰吧？」

「哈，怎會有責罰？但去無妨。」

「盱眙！」曹朋衝著夏侯蘭喊道：「夏侯，咱們改道，去盱眙……」

慢著……當『盱眙』二字出口的時候，曹朋心裡突然一動。他猛然扭頭，看著步騭問道：「子山先生，打聽一件事情……你可知道，盱眙有一家雲山米行嗎？」

步騭茫然搖頭，「雲山米行？我不知道。我對盱眙，並不是很熟悉。為何突然問及此事？」

曹朋默然沒有回答……

【曹賊　卷七　兒郎虓勇天下　完】

勇者系作者七夜茶　又一力作
結合修真與魔法的英雄小說
七夜茶×
靈能之
with great power,
comes great responsibility.
傳說，在此刻成為現實——
從天而降的超能力種子，讓平凡少年變身成為超級英雄，
原本他只想利用這新能力來賺點零用錢，
但是，接連發生的追殺事件，卻完全顛覆了他的想像……
少年的體悟——能力越大，責任也越大！
01風暴始動
當少年遇上蘿莉天使……
02戰爭序曲
夢想，靠自己實現！
03天機初現
我想要的自由，無人能阻！
04天海一決
新秩序，由我來制定！
05無咎之心
我願，走自己的正義之路！
8/1
最終完結
全國各大書店、
網路書店熱力販賣
★更多詳細內容請搜尋★
不思議工作室_
立即搜尋
典藏閣
采舍國際
www.silkbook.com
版權所有© Copyright 20

西元2102年，美國紐約市，
這裡聚集了所有人類與非人類的佼佼者——
狼人、吸血鬼、與強大邪惡的黑暗渾沌……
身為范郝辛一族的NERO，第四十八代獵魔人，
即使餓著肚子，也要不畏艱難出發拯救世界！
者紅茶君與繪者布里斯，打造克蘇魯神話世界——
惡魔獵人
NERO
蘋果日報排行榜首週排名第十，次週擠入前三！！！
01 降臨！舊日支配者
02 強襲！火焰之邪神
03 真相！阿爾法之心
04 危機！饗宴之悲歌
05 衝擊！狂戰士雷洛
全國各大書店、租書店、網路書店
持續熱賣中！
8/22 全國便利超商、新絲路網路書店搶先首賣！
更多詳細內容請搜尋★
不思議工作室
立即搜尋
典藏閣
采舍國際
www.silkbook.com
版權所有© Copyright 2012

曹賊/ 庚新作. -- 初版. --新北市：
華文網，2011.09-
冊； 公分. --(狂狷文庫系列)
ISBN 978-986-271-252-8(第7冊：平裝). ----

857.7 100014664

三國風雲之

曹賊

卷之柒

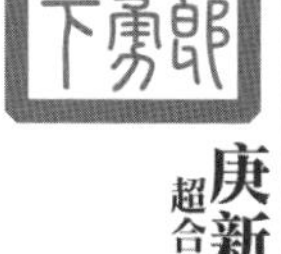

庚新 著

超合金叉雞飯 繪

狂狷文庫007

曹賊07-兒郎虓勇天下

出版者■典藏閣

作　者■庚新

繪　者■超合金叉雞飯

總編輯■歐綾纖

製作團隊■不思議工作室

郵撥帳號■50017206 采舍國際有限公司（郵撥購買，請另付一成郵資）

台灣出版中心■新北市中和區中山路2段366巷10號10樓

電　話■(02)2248-7896　傳　真■(02)2248-7758

物流中心■新北市中和區中山路2段366巷10號3樓

電　話■(02)8245-8786　傳　真■(02)8245-8718

ISBN■978-986-271-252-8

出版日期■2012年08月

全球華文國際市場總代理／采舍國際

地　址■新北市中和區中山路2段366巷10號3樓

電　話■(02)8245-8786　傳　真■(02)8245-8718

新絲路網路書店

地　址■新北市中和區中山路2段366巷10號10樓

網　址■www.silkbook.com

電　話■(02)8245-9896

傳　真■(02)8245-8819

☞**您在什麼地方購買本書？**☜

☐便利商店＿＿＿＿＿ ☐博客來　☐金石堂　☐金石堂網路書店　☐新絲路網路書店

☐其他網路平台＿＿＿＿＿ ☐書店＿＿＿＿＿市／縣＿＿＿＿＿書店

姓名：＿＿＿＿＿ 地址：＿＿＿＿＿＿＿＿＿＿＿＿＿＿＿＿＿＿＿＿＿＿＿＿＿＿

聯絡電話：＿＿＿＿＿ 電子郵箱：＿＿＿＿＿＿＿＿＿＿＿＿＿＿＿＿＿＿＿＿＿＿

您的性別：☐男　☐女

您的生日：＿＿＿＿＿年＿＿＿＿＿月＿＿＿＿＿日

（請務必填妥基本資料，以利贈品寄送）

您的職業：☐上班族　☐學生　☐服務業　☐軍警公教　☐資訊業　☐娛樂相關產業

☐自由業　☐其他＿＿＿＿＿＿

您的學歷：☐高中（含高中以下）　☐專科、大學　☐研究所以上

☞**購買前**☜

您從何處得知本書：☐逛書店　☐網路廣告（網站：＿＿＿＿＿＿＿＿）　☐親友介紹

（可複選）　☐出版書訊　☐銷售人員推薦　☐其他

本書吸引您的原因：☐書名很好　☐封面精美　☐書腰文字　☐封底文字　☐欣賞作家

（可複選）　☐喜歡畫家　☐價格合理　☐題材有趣　☐廣告印象深刻

☐其他＿＿＿＿＿＿＿＿＿＿

☞**購買後**☜

您滿意的部份：☐書名　☐封面　☐故事內容　☐版面編排　☐價格　☐贈品

（可複選）　☐其他

不滿意的部份：☐書名　☐封面　☐故事內容　☐版面編排　☐價格　☐贈品

（可複選）　☐其他

您對本書以及典藏閣的建議＿＿＿＿＿＿＿＿＿＿＿＿＿＿＿＿＿＿＿＿＿＿＿＿＿＿

＿＿＿＿＿＿＿＿＿＿＿＿＿＿＿＿＿＿＿＿＿＿＿＿＿＿＿＿＿＿＿＿＿＿＿＿＿＿

＿＿＿＿＿＿＿＿＿＿＿＿＿＿＿＿＿＿＿＿＿＿＿＿＿＿＿＿＿＿＿＿＿＿＿＿＿＿

✌是否願意收到相關企業之電子報？☐是　☐否

✍**感謝您寶貴的意見**✍

✌From＿＿＿＿＿＿＿＿＿＿＿＿＿＿＿@＿＿＿＿＿＿＿＿＿＿＿＿＿＿＿＿＿＿

♦請務必填寫有效e-mail郵箱，以利通知相關訊息，謝謝♦

印刷品

$3.5
請貼
3.5元
郵票
不思議信箱
FUSIGI POST

235 新北市中和區中山路二段366巷10號10樓

華文網出版集團　收

（典藏閣－不思議工作室）

三國風雲之

曹賊

卷之柒

庚新　著
超合金叉雞飯　繪